再見北極熊

FINDING BEAR

漢娜・戈德——著
Hannah Gold

列文・平弗德｜繪　謝靜雯｜譯
Levi Pinfold

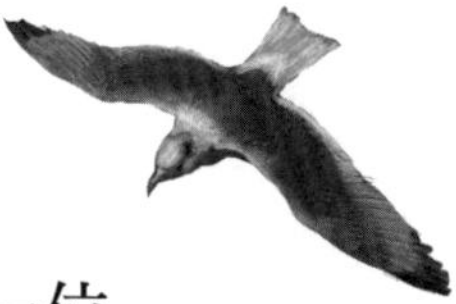

獻給每一位
期盼艾波和熊熊團聚的人。
這本書獻給你。

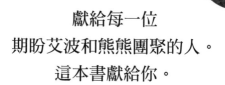

NORTH POLE
650 mi
北極
650英里
SVALBARD
斯瓦巴群島
N 北
W 西
E 東
S 南
熊島
238英里
BEAR ISLAND
238 mi

POLAR BEAR DENS
北極熊窩
ICE CAVE
冰窟
COLE'S BAY
科爾斯灣
TRAPPERS CABIN
捕獸者小屋
CABIN
小屋
LONGYEARBYEN
朗伊爾城
挪威，特羅姆瑟
569英里
TROMSØ
569 mi

目次

照片 009
彩虹雨鞋 017
電子郵件 027
沒時間浪費了 035
重返斯瓦巴 045
哈米胥和尤根 051
港口 057
北極研究院 065
冷淡的邂逅 073
驚喜 079
準備 089
賀妲 097
哈士奇雪橇 105
巧克力和變化 111
熊吼 119
緊張 127
災難 133
暴風雪 141
捕獸者小屋 147
熊熊 155

再次相聚 161
一起前進 169
冰洞 179
小熊 187
決定 193
礦坑豎井 199
新的名字 207
自白 213
計畫 221
救援 225
極光 235
峽灣 245
薄冰 255
救援 263
莉瑟 269
意料之外的來訪 279
新的黎明 287
再見 295
後記　家 299
作者的話 304
參考資料與延伸閱讀 309
謝詞 312

CHAPTER

01

照
片

The Photograph

它如同時時刻刻貼在她的心窩。

It also meant it was pressed to her heart at all times.

艾波．伍德從熊島回到老家，正好過了十七個月，她盤腿坐在後院，聽著寂靜。其他人可能會說，寂靜沒有聲音，但艾波知道有。

艾波知道寂靜傳來各種訊息，尤其如果你知道怎麼好好傾聽。她寧可待在戶外而不是室內。整體來說，戶外更友好。

尤其是這陣子以來。

艾波和爸爸剛剛從北極回到這裡時，就像潛進游泳池很深的那一側，非常冰冷。汽車和摩托車帶來不斷的噪音和霧霾、吐出難聞的廢氣，真是可怕。還有**人**。到處都有好多人。每天、每一分鐘都很擁擠，熙熙攘攘，鬧哄哄。

加速搬到海邊是爸爸的決定，一個月內，他們賣掉高聳陰暗的市區舊家，在艾柏絲奶奶家附近找到了新家。是艾波不見得會挑的那種。史德林路三十四號，一排長得一模一樣的現代紅磚房舍的其中一間，每棟都有修剪整齊的草坪後院，以及剛漆完不久，顏色鮮明的柵欄。跟他們老家不一樣，甚至跟熊島天氣小屋完全不同，新家房間方方正正，工作平台散發光澤。沒有壁爐可以烤小圓餅，取而代之的是電子壁爐，按下開關，仿真的原木堆就會發出紅光。可是爸爸似乎很開心。事實上，

艾波很多年沒看過爸爸這麼開心了。爸爸總是說，這棟房子更好打掃，比以前容易維持整潔。

可是這不等於艾波必須待在室內，尤其是這樣的傍晚——夕陽在天空畫出各種金色的線條，微風有如魔法一樣穿過樹叢之間。

「好美喔。」艾波大聲說。

有一個她從熊島帶回來的東西還在：大聲自言自語的習慣。艾波原本不覺得這有什麼奇怪的，直到其他人用古怪的眼神看她。

謝天謝地星期五了，本週上學時間結束了，她可以自由自在做想做的事。雖然回來上學只有幾個月，但她還是擺脫不了身為異類的感覺。

她以北極熊的困境做的專題報告——她花了好久時間準備——對她在學校的處境毫無益處，班上大多數人邊聽邊打哈欠。艾波試著用自己最棒的熊吼（她非常自豪的一個）喚醒他們，然後展示她可以從一英里外的距離聞到花生醬的氣味，大家只是哈哈大笑，從教室後方發出模仿熊的噪音。雪上加霜的是，老師把艾波拉到一旁，建議她最好別在課堂上做出模仿動物的行為。

艾波試著用最美好、最客氣的語氣解釋，那個吼聲**不是**模仿。她想跟大家談談北極的問題——就像北極研究院的莉瑟鼓勵的那樣。她這番話是白費力氣了。自那時起，大家都稱她為「熊女孩」，根據伴隨而來的竊笑，艾波無法確定是褒還是貶。

當地報紙的報導也沒有幫助。不知為何，有位記者耳聞艾波跟爸爸去過北極，既然那個星期正好沒什麼新聞，他想報導他們的故事。爸爸猶豫不決，但艾波毫不遲疑。她立刻把握機會，這一定是宣傳北極熊有多麼需要幫忙的大好時機。眼前的機會，可以警告大家北極融化的速度有多快！可是那篇報導寫錯好多事情，包括艾波的名字。她哪裡像愛麗絲了！最糟的是，報導不是寫她救了熊熊，而是暗示一切苦差事都是船長的功勞！

艾波並不是追求讚許、表揚，或甚至誇獎。她只希望有人把她當一回事，現在對地球來說，時間已經不多了。

「如果我**真的是**熊女孩，」她喃喃自語，「大家就會認真聽我說了！他們會忙於做出改變**！**」一隻停在柵欄上的烏鴉嘎嘎叫表示同意。

艾波嘆口氣。現在是二月，儘管有幾朵勇敢的水仙已經開花了，空氣還是帶著乾冷的寒意。爸爸肯定很快就會把她叫回室內，擔心她可能會失溫，或發生其他威脅生命的情況。打從他們從熊島回來，爸爸老是為她操心，無時無刻煩惱艾波可能會陷入險境。即使現在，艾波也可以透過廚房的窗戶，看到爸爸在尋找她。她只剩下幾分鐘。

艾波小心翼翼從口袋抽出一張相片。照片收在口袋最好，更重要的是，它如同時時刻刻貼在她的心窩。那不是大多數人會隨身攜帶的照片。不是媽媽、爸爸、兄弟姊妹，也不是爺爺奶奶。而是她和成年北極公熊的合照——雙方彼此依偎，緊緊擁抱，對大多數人來說難以置信。她跟熊熊的合照，是她最寶貝的東西。這張照片是在斯瓦巴的朗伊爾城碼頭拍的，陽光襯出他們的輪廓，相互依偎，捕捉了最後的告別。他們身體緊緊貼在一起。即使是現在，艾波只要看到這張照片，喉嚨就會有

種緊縮的可怕感覺。

「哈囉，熊熊。」艾波聽到自己聲音裡的顫抖。

艾波不確定北極熊的記憶可以持續多久，不確定熊熊是否還記得她。反正跟艾波記得牠的方式完全不同。艾波永遠不會忘記熊熊，只要她活著就不會忘記。幾兆年都不會忘記。

熊熊一定過著嶄新的生活了。就像爸爸說的，艾波也應該好好地過自己的生活。她又不是沒努力過。每天她盡全力按照爸爸、奶奶，以及其他人對她的期待——正常人類——過生活。這對某些人來說可能就已經足夠。可是一抹回憶常常浮現在艾波的腦海裡——熊熊鬍鬚掃過臉頰的癢癢觸感、濕濡的黑鼻，以及最鮮明的，熊熊用溫暖柔軟的巧克力色瞳孔，直直望進她的雙眼。

「我想你。」艾波確定敞開的廚房窗戶不會讓爸爸聽見，「我好想你喔。」

她不期待得到回覆。北極那麼遠，自從最後一別以來，艾波再也沒有熊熊的消息，熊熊不會寫信，也不會接電話，而且距離太遠，不可能聽到熊吼。艾波希望熊熊已經交到一些北極熊新朋友——甚至找到伴侶。最重要的是，艾波希望熊熊快樂。

「那就是帶你回到斯瓦巴的原因，不是嗎？」艾波小聲說，「我只希望……我只想知道你是不是都好。」

艾波吸進那片寂靜，希望夜空能傳來她渴望的回音。她極盡耳力，聽到銀色樺樹的呢喃，兩條街之外的狗吠，海洋遙遠的震顫。可是她聽不見……

「艾波！」爸爸猛力打開後門，一道溫暖的黃光灑了出來。「你在外面幹嘛？你會感冒的！」

「來了。」艾波遲疑地站起來，夜晚的平靜突然粉碎。她將那張照片收回胸前的口袋，牢牢拉起拉鍊。她跟著爸爸回到屋裡，而那隻烏鴉繼續嘎嘎叫著。

CHAPTER

02

彩虹雨鞋

Rainbow Wellies

艾波的雙腳依然站在熊島厚實而綿延的冰帽上。

Her feet were stuck somewhere in the thick, unremitting ice of the Arctic.

艾波在踏墊上仔細蹭了蹭腳，將鞋子收進櫥櫃。她這麼做的時候，瞥見藏在後方、色彩鮮豔的東西。是她的彩虹雨鞋。現在已經小得穿不下，即使早該拿去送給慈善二手商店，但她沒有。那是她跟熊島剩下的少許連結之一，如果把鼻子湊得很近，她發誓可以聞到北極淡淡的刺鼻空氣。她現在有點想嗅一嗅，但爸爸又出聲叫她了。

艾波走進客廳，發現地板鋪滿了黑膠唱片。「我是想找……啊！找到了。」爸爸得意地抽出那張唱片。「你今天過得好嗎？」

「還可以。」艾波回答，在背後叉起手指。

「那就好，那就好。」爸爸歪嘴對她微笑，「真是我的好女兒。我就知道你在這裡會開心。」

艾波皺了皺臉。現在是她在新學校的第三個學期，她不忍心跟爸爸說，其實她交不到真正的朋友。不知道什麼神祕的原因，比起跟北極熊交朋友，跟人類交朋友困難得多。

「你今天過得怎樣？」艾波問。

爸爸按照之前承諾的，接下當地大學的工作，試著研發堆肥材料，取代單次使用的塑膠。爸爸正準備回答時，門鈴響了。

「啊！」爸爸紅了臉，「應該是瑪莉亞，我邀她過來吃晚餐。我……我希望你不會介意。我知道通常都只有我們兩個……」

爸爸看著艾波的表情如此誠摯，艾波不禁點了點頭。雖然艾波永遠不會承認，但多少有點失望。星期五晚上是專屬他們的夜晚。這天爸爸會提早下班，父女倆可以好好「相聚」。艾波原本希望他們去試試鎮上那家新開的蔬食餐廳，甚至沿著海灘散步。就他們自己。

爸爸在玄關的鏡子前面打住腳步，一手耙過亂糟糟的頭髮，調整衣領之後才打開前門。

「瑪莉亞！」爸爸驚呼，「你看起來……真不錯！你帶了契斯特過來啊。很好、很好。艾波很愛契斯特，對吧？」

艾波當然愛契斯特了，誰不愛呢？牠是一隻可卡貴賓犬，蜂蜜色的眼睛，絲絨般的柔軟耳朵，還有好聞的小狗味，艾波覺得難以抗拒。

「艾德蒙！」瑪莉亞走進玄關，附帶蕃紅花的香氣。「我帶了西班牙海鮮燉飯。」

瑪莉亞常常帶吃的過來。她來自西班牙瓦倫西亞，她喜歡煮東西和別人分享。如果不是因為那樣，那就是因為她受夠了爸爸的料理。艾波或爸爸都保留吃罐頭的習慣，這讓奶奶很受不了，奶奶說有些習慣應該留在北極。

爸爸和瑪莉亞做出那種大人才有的彆扭動作，想擁抱，但又不是真的擁抱，雙手在身體兩側擺動。兩人臉上掛著傻笑，一切盡在不言中。就在那時，瑪莉亞注意到艾波。

「哈囉！」瑪莉亞摘下紅色圓點圍巾，一臉燦爛笑容。

艾波點頭回應。她也不是不**喜歡**瑪莉亞。她不是希望爸爸交新朋友嗎？況且，她也不是會真的討厭任何人的人——尤其對方熱愛動物。只是，嗯，當你的導師也是你爸爸的新女友，狀況會有點尷尬。爸爸就是這樣認識瑪莉亞的——在艾波新學校的大門。艾波不確定要叫她普洛老師，還是瑪莉亞，所以有一半時間，艾波乾脆什麼都不叫。

一如既往，契斯特幫忙填補任何尷尬的沉默。牠滿臉期待，快步跑到艾波身邊。

「哈囉，小不點。」艾波低語，瑪莉亞跟著爸爸走進客廳。

「我稍早找到這首，想放給你聽，」爸爸揮舞一張唱片，「我想你一定會喜歡。」

爸爸將唱片放上唱機，就是當初帶去熊島又帶回來的那台，莫札特的《費加洛婚禮》〈情為何物〉。這是一首活潑快樂的曲子。是為了笑聲、晴天、手舞足蹈而創作的。

缺乏舞蹈細胞的爸爸，這陣子一直在學跳舞，他將瑪莉亞摟在懷裡，以華爾滋的舞步，帶著她活力充沛地旋轉。西班牙燉飯被遺忘在地上，艾波站在門口往內望，胸口有種不自在的疼。是她不大能夠理解的疼痛；擁有這種感覺，反而讓她感到愧疚。

「怎麼了？我親愛的女兒？」爸爸在晚餐的時候問，他們三人圍著廚房餐桌上的西班牙燉飯。「你好像有什麼煩惱。」

以前，爸爸絕對不會注意到艾波的心情——即使艾波扯開嗓門，邊唱歌邊側翻。雖然爸爸不算是全宇宙觀察力最敏銳的人，但他真的變了。以前，艾波一直巴望爸爸有這樣的改變——包括希望爸爸交個女朋友——但是這些來得又快又突然，讓人措手不及，令人不安。爸爸的生活已經往前奔馳，艾波的雙腳依然站在熊島厚實而綿延的冰帽上。

爸爸不喜歡談他們在北極的經驗。噢，爸爸之前會拿照片給同事看。有一次艾波聽到爸爸向他們吹噓，在北極生活會澈底改變一個人。可是只要提到他們在熊島上的生活——**兩人共同歷經的冒險**——爸爸就會陷入奇怪的沉默。艾波認為是因為爸爸當時差點失去她。除此之外，還有罪惡感，一開始他不相信她和熊熊之間的友誼。

這些全都讓艾波很難開口承認想念北極——尤其在瑪莉亞面前，就艾波所知，對於他們的經歷，瑪莉亞只知道最粗略的版本。即使艾波**可以**自在聊起那段時光，也必須找到正確的字眼，而她就是辦不到。艾波該如何解釋自己有多想念熊熊？那不只是內心的一種感受——還有更原始的什麼，似乎在心底傳來陣陣回音。

那是**無法**用言語描述的。

彷彿一部份的自己留在極地。不是一只手套，不是一只雨鞋，也不是其他實體的東西。而是構成「她」的一部份。她迴盪在熊島上的笑聲；緊緊攀附熊熊的毛髮，一起爬上山峰時，她臉上的燦爛笑容；她看著熊熊雙眼，熊熊回望時，那種深不見底的感動。

艾波意識到爸爸還在看她，等著她回答。「沒事。」如果瑪莉亞不在，爸爸可能會追問，可是瑪莉亞讓他分心了，那個時機轉眼就過去。

吃飽飯後，他們三人玩大富翁。瑪莉亞選小狗，艾波選了船，爸爸堅持用茴香糖當棋子——最後啃了一半。

很快地，艾波失去所有的錢。她不特別在意。等她長大，有很多錢之後，她會拿來做更多事，而不是買愚蠢的房子。她會用來推動帶來轉變的事物。不是磚塊和砂漿組成的東西，是**重要的**東西。

就寢時間快到了。她越早睡覺，就可以越快醒來。

明天就是托爾寄來電子郵件的日子。

艾波這輩子只見過托爾兩次——一次是前往熊島的船上，再來就是他幫忙將艾波從冰凍的海水救出來以後。儘管如此，托爾是她最真心的朋友，一個似乎能完全理解她的人。這就是共同經驗的意義——將人們牽在一起，永遠持續下去。

雖然艾波讀了很多北極的文章，看了北極的紀錄片，但和實際身處當地完全不同。這使得托爾的電子郵件更加特別。托爾的船每個月都會停泊斯瓦巴，他會在屯墾區四處逛逛，拍照，偶爾拍個影片（有一次拍到馴鹿沿著朗伊爾的大街遊蕩！），主要是蒐集消息，回報給艾波——包括來自北極研究院的最新資訊。莉瑟偶爾也會傳訊息，但這陣子她似乎忙著進行各種調查，艾波只能仰賴托爾。

斯瓦巴群島如此偏遠，種不出任何糧食——甚至沒有任何樹木——居民幾乎仰賴外界供應一切。托爾的貨船預計明天早晨抵達，身為船長的兒子，準時的習慣早就深深印在他的靈魂裡。

托爾的電子郵件不曾延遲。

艾波對爸爸和瑪莉亞說晚安，感覺心跳加快。有一種雀躍輕盈的感受——彷彿唱機還在播放音樂，只是現在只有**她**聽得見。每個月這時候都是。托爾的郵件不只是螢幕上的圖文，而是活生生的、會呼吸的什麼，挾帶北極的氣味；她因而有幸窺見那個彌足珍貴，用冰凍的指尖召喚著她的世界。

每個月只有這個時候，艾波才覺得是真正的活著。

CHAPTER

03

電子郵件

The Email

房間裡的三個時鐘彷彿全都暫停。

As if all three clocks in the room had paused momentarily.

也許是暖烘烘的感覺讓艾波做惡夢了。

瑪莉亞過來的時候，爸爸總是會把暖氣開得更強，瑪莉亞常常抱怨他們家很冷。艾波跟爸爸平常不會開那麼強。一部分是為了環保，大部分是因為北極還在他們的血管裡流動，不管爸爸喜不喜歡。雖然瑪莉亞早就回家了，但熱氣就像毯子一樣悶住這棟房子。

夢中，艾波回到北極，但身邊沒有熊熊，放眼望去沒見到。這一次，她獨自一人爬上最陡峭的那座山，大海擊打她的腳邊，嚴寒的風在她耳邊呼呼吹。爬到山頂，她心急如焚環顧四周。

「**熊熊？**」艾波討厭自己的聲音在發抖，「**熊熊?!**」

除了烏雲在頭頂上憤怒翻湧，不見任何回應。後來，她看到了。一簇柔軟的白色毛髮困在一塊岩石底下。艾波跪下，心跳加快，她將那搓毛拉出來，湊到鼻子前面。聞起來有麝香，有荒野，有生氣勃勃的氣味，也有家的味道。

艾波意識到自己正在面向北方。好幾個月以前，她就坐在同一個地點，往外眺望鐵灰色的洶湧浪濤，聽著熊熊的經歷。

「熊熊？」艾波再問一次。

艾波把頭一偏，凝神諦聽，直到聽見來自世界最邊緣的聲音，一個她不管到哪裡都認得出來的聲音。

是熊熊的吼聲。

吼吼吼。

吼吼吼。

吼吼吼。

那聲熊吼感覺如此真實、原始，把艾波吵醒。

起初，艾波很困惑，自己還在山頂，嘴唇觸得到北極的空氣。接著，臥房漸漸顯形。衣櫥的輪廓，堅固的木製書桌，牆壁上那幾張遙遠北方的風景照，反射出斑斕的陽光。

窗外，一輛車子的引擎隆隆作響，儘管時間已經很晚，艾波連忙在床上坐直。在遙遠的地方，遠超過她的家、她的街道、她的國家——遠超過任何人的聽力範圍——她聽到了別的東西。

一聲熊吼，絕對錯不了。

隔天早上，滿是種種待辦事項、乏味的日常差事，在這個永無止盡的忙碌迷霧中，艾波開始質疑。她昨天晚上真的聽到熊吼嗎？或者只是一場夢？她一廂情願的想像？

聽起來好逼真。那種真實感，讓她有種奇怪不安的感受，不管她多努力擺脫，都趕不走。至少今天她會收到托爾的消息。托爾通常會在午餐之前寄出電子郵件，等船員卸下貨物。單是這個念頭本身，就讓艾波感到興奮。

如果爸爸可以快一點就好了！從修車廠回來的路上，爸爸順路到甜食店買茴香糖。那家店位於鬧區。如果是別的日子，艾波會很樂意一起購物——不是買她不需要的東西，而是到慈善二手商店看看有沒有北極熊的裝飾品。可是今天，她選擇在車上等候，刻意不看手錶。

「快啊，爸！」艾波嘀咕。爸爸已經用掉五分鐘了。

艾波在座位上坐立難安，班上的兩個女生，手勾手沿著街道走來。比較高的那個——金色馬尾綁粉紅色髮帶——是第一個叫艾波「熊女孩」的人。她甚至說，艾波聞起來像動物。

艾波不認為這是侮辱。大家都知道動物聞起來很神奇。可是儘管如此，她們兩個路過的時候，艾波還是往下躲得低低的。如果過去十七個月她真的學到了什麼，就是如果有人不明白真實的你，那就避免在那樣的人身上浪費時間。

最後，爸爸出現了，雙手捧著糖果，彷彿像是金塊。「抱歉耽擱了，」爸爸動作笨拙地將長手長腳移進車裡，「剛剛排了一陣子。」

艾波用念力要爸爸發動引擎，快點回家。托爾的電子郵件一定在信箱了吧？一定在等著她！

「我想回程可以順路去看奶奶？」爸爸提議，剝開糖果紙，丟進嘴裡，發出一聲滿意的嘆息。

「**不要！**」艾波驚呼，看到爸爸一臉憂慮，便放輕語氣，「改天吧，也許。」

爸爸點點頭，眉頭困惑地蹙在一起，發動車子。「那就回家吧！」

艾波一走進門口就踢掉鞋子，鞋子咚咚撞上玄關地板。她快步衝上樓，外套沒脫也不介意，衣襬在腳踝邊翻飛。她懶得一次踩一階——而是一次跨兩、三階。衝進臥房，快速掀開筆電，打開收件匣。

艾波胸口起起伏伏，嘈雜地喘氣，花了幾秒鐘才讓視線聚焦在螢幕。

當視野逐漸清晰……

怪了。

沒有新的電子郵件。

什麼都沒有。

艾波有三個時鐘。牆上的掛鐘顯示當地的時間，另一個時鐘顯示斯瓦巴的時間，還有到熊島上第一天爸爸送她的手錶。她三個都查了。（她也有第四個計時器，倒數地球還有多久就會熱到無藥可救。她把那個收在書桌抽屜，老是盯著，沒有多大好處。）

艾波確定筆電連網，重新開機。可是那封電子郵件依然沒出現。她的腦海裡跑過幾種不同情節。

- 托爾的船可能比較晚到港，畢竟北極的天氣陰晴不定。

．托爾可能忙著替爸爸跑腿。

．托爾正忙著寫特別精彩的電子郵件，配上很多照片，所以檔案很大，要花很久時間才能上傳成功。（雖然這不大可能，托爾的郵件往往很簡短，缺乏艾波偏愛的趣味。男生就是這樣。）

可是，就在艾波再次看著自己跟熊熊的合照時，不安的感覺愈來愈強烈。窗外那隻烏鴉嘎嘎叫，表示同感。

一直要到晚餐後，托爾的電子郵件才姍姍來遲。

艾波原本在打瞌睡。不是那種美好、放鬆的打盹。而是躁動不安的昏睡。就是你心思輾轉翻騰的那種。收到郵件的叮叮聲，如同小船鳴笛大作，將她驚醒。

艾波往下伸手拿起筆電，時間放慢了腳步。房間裡的三個時鐘彷彿全都暫停。她想抓起筆電，也想把棉被蓋住自己的臉。不過，艾波不會閃躲，即使是最壞的消息。她吸氣，穩定心神，打開電子郵件。

朗伊爾城有一隻北極熊中槍。
我想就是熊熊。

CHAPTER

04

沒時間浪費了

No Time To Lose

雖然不完美，但總比什麼都不做好。

Not perfect. But better than nothing.

爸爸正在看灰鯨的紀錄片，瞥了艾波一眼，馬上關掉電視。即使有一壺熱可可和緊急情況專用的棉花糖，爸爸好不容易才從艾波口中查出原委。

「托爾怎麼能確定？斯瓦巴的北極熊多到數不清。」

「大概有三千隻。」艾波抖著啜了一口熱可可。

艾波初次讀到那封信，彷彿中槍的是自己。那種感觸如此劇烈、銳利，一把奪走她的呼吸，她喘氣。短促、狂亂、可怕的喘氣。可是，不管她多麼用力吞嚥壓抑，痛苦只是越來越強烈。

即使爸爸攬住艾波的肩膀，安慰她，艾波還是覺得自己彷彿沉入水裡，狂亂想回到水面。但這一次沒有熊熊來救。

「我親愛的孩子，」爸爸放輕聲音，「有三千隻北極熊，托爾怎麼會覺得就是**你的**熊呢？」

艾波畏縮一下。「不只是我的熊。是**熊熊**，牠的名字叫熊熊。沒錯，托爾就是知道，因為……因為……」

艾波沒辦法說完，她只要開口就想放聲尖叫或是緊緊握拳。艾波指向那封郵件。

斯瓦巴新聞

北極熊在朗伊爾中槍

星期五傍晚，一頭北極公熊在朗伊爾中槍，開槍人士身份不明，推測是觀光客。

目擊者說，連續三晚都有人在港口看到那頭熊，其中一人說：「牠每天晚上都在同一個地點，用後腳站立，往外眺望大海，放聲大吼。」

過去幾年，氣候變遷破壞了北極熊的棲地，迫使牠們不得不到陸地覓食，跟人類接觸的頻率逐漸增加。科學家警告，隨著海冰持續融化，北極熊的行為越來越難捉摸，人類不要太靠近牠們。

北極熊被列為瀕危動物，雖然斯瓦巴可以合法攜帶槍械，但除非生命有立即危險，才會建議開槍。

至於那頭熊的後續情形，不得而知。

爸爸讀了那篇文章兩次，緩緩摘下眼鏡，揉揉眼睛，眼神失焦盯著女兒。

「你還不懂嗎？」艾波喊道，想到的不只是那篇文章，而是她那個不安的夢。「**一定**是熊熊。還有什麼熊會來到港口，像那樣用後腿站立？」

「可是牠為什麼要回來？」

這是個好問題。熊熊一定知道——就像所有野生動物透過本能知道——來到城市、在人類附近活動，只會碰上危險。熊熊為什麼甘願冒這種風險？

答案就像閃電一樣擊中。熊熊之所以過來，是因為牠需要艾波！艾波不知道為什麼，可是她內心深處清清楚楚，熊熊正在呼喚她。

「牠需要我，」艾波說，「牠需要我，現在牠受傷了。」

也許甚至已經……

艾波感覺腳下某處劇烈傾斜，她得使盡力氣才能勉強保持站立。不，她不能那樣想。她往前傾，將手肘牢牢靠在桌上，望著爸爸的眼睛。「我們必須幫牠。」

「幫牠？我們在這裡能做什麼？」

「能做的不多，」艾波承認，「那就是我們必須回去的原因。」

「回斯瓦巴？」爸爸嚥嚥口水，「不行！絕對不可能！」

爸爸喝了一口熱可可，放下馬克杯，嘴上沾了八字型的牛奶。通常，艾波會幫忙抹掉或者至少提醒他。這次爸爸一臉沉思，所以艾波什麼都沒做。

「看，」爸爸邊說邊戳著那篇報導，「它說『至於那頭熊的後續情形，不得而知。』真相是……**熊熊**可能沒事。我們可能大費周章以後，發現牠好端端的沒受傷。」

「如果牠出事了呢？」艾波小聲說，「要是牠受了傷呢？」

「那我就會質疑我們原本可以做什麼。」

「噢，爸。」艾波嘆口氣，將手搭在爸爸手上。艾波感覺爸爸顫抖著。艾波溫柔地掐掐爸爸的手。「我沒辦法就這樣丟下熊熊不管……我知道我沒辦法。我沒辦法面對自己。我……我根本活**不**下去。即使牠沒受傷，我也必須查出牠為什麼呼喚我。」艾波的心思再次轉向那場夢，她醒來的時候聽到了熊熊的吼聲。「有些事不對勁，我就是知道。」

爸爸緩緩吐氣，雙手掌心朝下，貼在桌面，露出堅定的眼神，是艾波不喜歡的那種表情暗示一聲「不」，於是艾波連忙攔截。

「以前我跟你說了一件很重要的事，你不相信我。後來我做了一件很危險的事，只是因為我不知道還能怎麼做。在那過程中……」艾波越說越小聲。即使是現在，回想摔進冰冷的海裡，險些溺死的那一刻，也讓艾波覺得很吃力。

「在那個過程中，」爸爸遲疑不決，「我……我差點失去你。」

艾波點點頭，幾乎不敢多說什麼，但也知道自己必須乘勝追擊。「後來你說，為了補償我，只要你的能力所及，什麼都願意。你**答應過的**。」

爸爸發出一聲長嘆。艾波不確定該怎麼解讀，繼續把手搭在爸爸的手上，彷彿爸爸是一艘需要幫忙穩住的船。爸爸的臉扭成一千種不同的形狀，最後安頓在逆來順受的表情。

「我確實答應過，而且……而且到現在都是真心的。」爸爸的聲音微微顫抖。

「拜託了，爸爸，」艾波說，「請你帶我回去好嗎？」

沒時間可以浪費了。跟之前不一樣，這次來不及買禦寒衣物，他們從衣櫥裡找出現有的。爸爸原本以為短期之內都不會回去，老早把衣服捐給二手慈善商店了。只留下兩件毛料衛生衣、防水夾克，加上瑪莉亞織給他的聖誕節禮物：一條超長的芥末黃圍巾。艾波也沒好到哪裡去。雖然大多衣服都留著，可是大半都穿不下了。儘管如此，冬季厚外套、毛球帽、幾件保暖衣，總比什麼都沒有好。他們兩個都沒有雪靴。

「那裡一定有賣必要裝備。」爸爸說。

「希望如此。零下十度，老天，白天就這麼冷！」瑪莉亞面露驚恐。爸爸堅持打電話給瑪莉亞。儘管已經很晚了，瑪莉亞還是在幾分鐘內趕到他們家。艾波不確定瑪莉亞會有什麼反應。一切都很臨時，誰也無法保證他們會離開多久。

艾波很意外。

雖然瑪莉亞不全然了解他們的任務，但她似乎明白這趟旅程對艾波而言有多重要。第一個想到要先訂旅館的是瑪莉亞——幸運的是，即使這麼臨時，瑪莉亞還是順利找到有家庭房的旅館。而心情平靜到可以訂機票的，也是瑪莉亞。

「我訂到了兩個座位，明天中午起飛。」

長途飛行讓艾波覺得過意不去。畢竟，那是氣候變遷的主因之一。可是搭船要超過一週以上，搭飛機明天就能抵達，她知道別無選擇。她發誓捐出一整個月的零用錢給一家種樹抵銷碳排的公司。雖然不完美，但總比什麼都不做好。有時候，盡自己能力所及就已經夠好了。

爸爸累積了一些假，瑪莉亞說她可以幫艾波處理學校的事情。現在起，唯一的障礙是穿著粉紅色拖鞋，渾身蘋果味的……

「真不敢相信你要帶她回去，艾德蒙！在發生那種事情後！」現在是他們要去搭飛機的早晨，行李已經打包，抗議已經太遲。

屋外，計程車按了聲喇叭。爸爸將瑪莉亞拉進懷裡，緊緊擁抱，閉上雙眼，嘴唇拂過她的髮絲。這個時刻如此親密，艾波見證這一刻，心裡覺得愧疚。

「過來，」奶奶支支吾吾將艾波狠狠拉進懷裡，作為道別。接著大聲吸著鼻子，「答應我，你會照顧好自己。」

艾波格外用力摟著奶奶。計程車再次按喇叭，爸爸給瑪莉亞最後一個道別吻。

「時候到了。」爸爸清了清喉嚨。

契斯特興奮地叫。只剩下一件事。艾波從廚櫃拿了一罐花生醬，塞進行李箱。

「我準備好了。」

CHAPTER

05

重返斯瓦巴

Return to Svalbard

我們回來了。

We're back.

艾波只有從船頭或熊熊背上看過北極。那些都很有趣，但還是不同於從在高空，從飛機窗戶看到的景象。

這是他們第三段，也是最後一段航班。第一段先帶他們抵達挪威首都，奧斯陸。然後往北飛到特羅姆瑟——好幾個月以前，爸爸和艾波從這裡搭乘托爾的貨船，前往熊島。而這一次，他們在特羅姆瑟停留的時間更短——飛機為了添加燃料而暫停。然後再次啟程，直接前往朗伊爾。

艾波盯著窗外不放。從十月起，北極籠罩在漫長冬季，悄然無聲。黑暗主宰一切。現在，時間是二月中，太陽開始回歸，天空泛著神祕的藍黑色調——暮光一路蔓延到艾波視線所及的遠方。熊島就在下方遙遠的某個地方，冰洋裡的一個迷你小點，艾波偉大歷險的地點。

這一次的目的地不是熊島。

飛行時間剛過一小時，他們穿越一排濃密雲層，往下飛。艾波倒抽了一口氣。

遠遠的陸地，地面被白雪和冰帽覆蓋，無邊無際，難以一窺陸地在哪裡結束，海冰從哪裡開始。即使在昏暗之中，那片白發出如此燦亮的光芒，讓她的眼睛刺痛。

爸爸沒有倒抽一口氣，事實上他沒有往窗外看。一路上，爸爸沒說什麼，只是抱怨忘了帶那袋茴香糖，偶爾鬼叫說座位多麼不舒服，或是提醒艾波尋找熊熊的時候，絕對**不可以**讓自己陷入險境。

艾波點點頭，對爸爸表示同意，會比較輕鬆。

艙內座位沒有坐滿——冬天的斯瓦巴不是旅遊勝地。有頭髮灰白、面容飽經風霜的人，看起來像是去過地球盡頭又回來。有一群亢奮的大學生，肯定是來做科學研究的。最後是一小群觀光客，因為探險和北極的誘人呼喚而出發。

艾波是飛機上年紀最小的。

她用指尖碰碰窗戶，感覺寒意推了回來。上一次跟爸爸到熊島的時候是夏日，不算溫暖，不過，至少有好幾個星期的無限陽光，數不清的日子沒有黑夜打斷。

現在呢？一定冷到刺骨，比熊島還要嚴寒許多，斯瓦巴更北，更接近北極——是這座星球的最北端。群島被雪、冰、冰河所覆蓋。飛機斜飛的時候，艾波翻查自己的日記，過去一年半以來，她針對北極做了無數的筆記，偶爾穿插北極熊塗鴉。

艾波回頭看關於「冬天概況」的那一頁，急促地吸了口氣。夜間，氣溫會掉到負三十度那麼低。呼嘯的強風、難以預測的暴風、濃密的陣雪、冰凍的霧氣。當然也會有北極熊。會殺戮獵食的北極熊。

冬天的北極絕對不是可以輕鬆前往的去處。

機長宣布準備降落。艾波抓緊爸爸的手。經過短暫停頓，爸爸也緊緊回握。

「我們回來了。」艾波低語。

遠處有幾盞燈。朗伊爾——從荒地裡開闢的小鎮，主街上有一排商店、幾間旅館，甚至有一所學校。這裡只有兩千多位居民，他們從地球的各個角落來到這裡生活、工作、讀書和保護環境。

飛機斜飛，降得越來越低，低到艾波可以看出地面的木屋，溫暖閃爍的燈光從內部照亮。如此接近，她可以看出港口的輪廓，好多個月前她從那裡搭船離開，跟她內心的一部份說再見。

接著，突然間，飛機滑過跑道，就像奇怪的北極海鷗掠過水面那樣，默默觸地，溫柔停下。

艾波不由自主吐出嘆息。她甚至不知道自己憋著那股嘆息，那股困在她內心最深處超過一年，只有回到極地才會浮現的嘆息。儘管將她帶回這裡的是一個特殊的原因，她還是忍不住綻放笑容。

她回家了。

CHAPTER

06

哈米胥和尤根

Hamish and Jurgen

別擔心，不會咬人！

Don't worry, he won't bite!

一直要到飛機門打開，凍冷的空氣竄進機艙，艾波才真正體悟到他們回來了。空氣不只是冰冷而已，而且是乾巴巴、刺骨地冷。那種冷讓人雙眼泛淚、皮膚乾渴、肺部刺痛。她立刻穿上厚外套，戴上毛球帽。

鼻子已經轉紅的爸爸，大聲擤了擤鼻子。「我們一定要找到地方購買防寒衣物。我們要是凍死一點好處都沒有。」爸爸嘀咕，搓著雙手。

不用多久他們就通過海關，坐進接駁巴士。巴士接起所有的乘客，將他們直接送到各自的旅館。他們大多時間都在奔波。在真正採取行動以前，需要先來一杯熱咖啡——爸爸很堅持。

「艾波，我親愛的孩子，」爸爸用安撫的語氣說，彷彿感應到艾波的不耐煩，「我們一定要計畫一下……尤其在這裡。」

儘管艾波很糾結，但她知道爸爸說的沒錯。輪廓猶如利牙的幾座山峰，聳立在城鎮上方，弦月的光線勾勒出黝黑險惡的剪影。眼見所及都是雪——建築物旁參差不齊的高聳雪山，屋頂厚厚的積雪，路旁被鏟開的巨型雪堆。這是一個嶄新的世界，一個嚴酷的、危險的世界。

鎮上只有幾個地方可以留宿，巴士的行程並不長。其他乘客在主要街道上的時髦旅館前下車，他們的旅館，座落在陡峭山坡頂端。

第一眼看起來沒什麼。三個彼此相連的醜陋貨櫃，聚集在同一個高度，崎嶇山影潛伏後方。

裡面也好不了多少。

迎面是昏暗的前廳，接待處是一張大大的木頭辦公桌，蒙著薄薄的塵埃。這裡聞起來有閒置不用的氣味，散發著不快樂的淒涼感覺。辦公桌後方的牆壁，掛著斯瓦巴的黑白照片，描述城鎮的歷史：從早期的狩獵遠征，後來的採礦屯墾，再到現今的觀光旅遊。其中一張陰森的相片讓艾波露出失望、嫌惡的表情。北極狐被剝製的外皮，掛成一排。她反感地往後

退，轉過身，眼前是掛在牆上的馴鹿標本。無神的棕色雙眼、悲傷的笑容，將鹿角的雄偉一筆抵銷。

「噢，」艾波喃喃，「你這可憐的東西。」

艾波知道以前的人來斯瓦巴是為了狩獵，取得獸肉跟毛皮，可是親眼見到又是另一回事。這頭馴鹿怎麼會淪落到這裡？困在某家旅館的牆壁上。高貴的動物竟然是這種遭遇，真是不公平。

「啊！看來你見過哈米胥了！」

「哈米胥？」一個身型微胖的男士，穿著變形蟲背心、頭戴獵鹿帽。

「那頭馴鹿啊，」男人竊笑得有點太大聲，「別擔心，不會咬人！」

艾波正準備反駁，爸爸的手溫柔搭上她的肩，「我是艾德蒙．伍德，還有我女兒艾波。」爸爸伸出手，「我們有預定住宿。」

「我叫尤根．金恩。」男人背後有一道敞開的門，通往休閒室。艾波推想那是他的客廳，因為門上懸掛「私人」的大大標示。尤根的背心掛著一個附有金鍊子的老派報時器，他用誇大花俏的動作瞧了一眼。「好，好，你們提早到了。」

尤根贊同地點頭，查看辦公桌上的手寫本，就艾波看得到的，裡面除了他們的名字，其餘空白一片。儘管如此，尤根還是刻意用手指往下，「在這邊。」

尤根將文件遞給爸爸簽名的時候，好奇望向艾波，彷彿不習慣在這裡看到小孩。

「你們第一次來嗎？」

「第二次了。」艾波說。

「第一次有點算是意外，」爸爸解釋，「這次比較像是……」

「探險，」艾波把話講完，「為了找一個朋友，一個**好**朋友。」

她不打算解釋那個好朋友恰好體型龐大、喜歡花生醬、全身覆蓋白色毛髮。

「啊，那你一定很喜歡北極。來一次的人本來就不多，會回來的更少——尤其每年這個時間。」尤根挑起一眉，「總之，跟我來。」

他穿過陰暗的通道，路過幾扇關起的門，主動解釋自己的出生地是德國，十年前帶全家來斯瓦巴，太太跟年紀還小的女兒回家鄉了。「我女兒很愛這邊，遺憾的是，我太太沒那麼喜歡。北極生活不容易。」尤根在走道盡頭的一扇門前停下腳步。

「希望這間適合你們兩個。」

這是個裝潢簡陋的小房間，有老舊的木頭上下鋪，燈罩像是漂流木做的，橢圓形窗戶可以眺望遠處黝暗的山。

尤根跟他們道了晚安後離開，爸爸躺進下鋪，側身蜷起身子，發出一聲長而疲憊的嘆息。「我都忘了這裡有多寂寞，為什麼會有人住在這麼偏遠的地方啊？」

艾波沒有回答。她明白那是一種靈魂深處的渴望，但她不確定爸爸能否理解。她只是把鼻子抵在窗戶上。

「我知道你想盡快開始。」爸語氣放軟，「可是我們一定要休息，儲備體力，試著睡一下吧，艾波。」

艾波猶豫地點點頭。在爸爸睡著很久，艾波沖完澡、爬到上鋪之後，她發現自己還是很清醒。她輾轉反側，最後嘆口氣，坐起身。

「**熊熊**？」艾波低語，「你在外頭嗎？」

艾波再次將鼻子抵在窗上，抱持一線希望，希望能在地平線上看到熊熊的輪廓，就像她第一晚抵達熊島那樣。可是，寒冬的夜晚逐漸降臨，這次艾波什麼也沒見到，只看到自己焦慮的映影。

CHAPTER

07

港口

The Port

雪地裡一片鏽紅色。

Rusty red in the snow.

艾波一定在某個時間點打了瞌睡，她醒來時，已經擠在上鋪末端，手臂鬆鬆地垂在被單外頭。起初，她滿頭霧水。**幾點了？**跟在家裡不一樣，這裡沒有灰色的光從窗簾縫隙滲進。沒有黎明的跡象。房間暗得伸手不見五指，唯一的變化是爸爸帶有節奏的深沉呼吸聲，還有偶爾突然冒出的鼾聲。

只有她的手錶確認現在是早上。

「爸！」艾波從鋪位跳下來，搖晃爸爸的肩膀，「**爸！**該起床了！」

到了早餐區，沒有看到尤根，只有桌子上一壺不冷不熱的咖啡，還有兩個有點走味的小麵包。幸好，艾波沒什麼胃口，但爸爸倒是勇敢地把兩個都吃了。

「可惜沒有柑橘醬。」爸爸抹掉下巴上的一些碎屑。

艾波將朗伊爾城的地圖攤在桌上，這是她搭乘接駁巴士前在機場拿的。「我們在這裡。」艾波指著他們的旅館，地點在城鎮的外圍。「我認為港口是第一個調查點，看看能不能找到目擊……當時狀況的人。」

「有道理。」

「我想我們也應該到北極研究院。」艾波補充，「我昨天晚上寫電子郵件給莉瑟，讓她知道我們要過去，可是我還沒收到回信。如果有人知道那到底是不是熊熊，一定就是莉瑟。」

「托爾呢？」爸爸問，「以他對當地的認識來說，他可以發揮作用。」

「我傳訊息給他了，」艾波說，「可是我不確定能不能及時聯絡上。他可能已經搭船離開這裡，往挪威去了。」

爸爸點點頭，然後一絲不苟地將那張地圖摺成整齊的小方塊，清喉嚨兩次後，壓低嗓門。「你一定要做好心理準備，艾波。」

艾波厭惡大人刻意壓低嗓門，總是給人壞消息的感覺。艾波在胸前叉起手臂。「為了**什麼**做好準備？」

爸爸啜了口咖啡。「**如果**不幸中槍的，真的是那隻熊……真的是熊熊……」爸爸吞吞吐吐，「很有可能……很有可能的是，牠沒辦法存活下來。」

艾波嚥下喉嚨裡一個粗粗的結，視線越過休閒室，等待呼吸平穩才開口。「牠也很有可能活下來了，」艾波終於找到自己的聲音，「我想現在開始搜尋。」

從丘頂上的制高點，可以看到城鎮在下方鋪展開來——遠處有一連串點點燈火，以及閃爍的水光。天際是一片深藍，太陽要到十一點才會升起。

「好，」爸爸搓著雙手，「在我們出發以前，先找些溫暖合適的衣物。我在前廳裡找到一張傳單，看來主街上有一家戶外用品店。」

艾波知道這樣做是明智的，但港口明明就在**那裡**。而且爸爸總是花好多時間挑選鞋子，因為他的左腳比右腳大，然後一定會跟店員天南地北閒聊，跟他們說他喜歡自己的鞋帶怎麼綁，因為他對那樣的事很迷信。時間滴答流逝一分鐘，就等於少一分鐘尋找熊熊，多一分鐘納悶熊熊的下落，忖度牠是不是還安好。

不！她等不及了。既然他們都到這裡了，她就是**沒辦法**等。

「爸！拜託，我們能不能先去港口，之後再去買東西？」

爸爸往下看著自己的鞋子，然後回頭看艾波的臉。爸爸重重嘆了一口氣。「我想多幾分鐘也不會怎樣，那就先去港口吧。」

才走幾步，艾波就領悟到這可能不是最明智的決定。地面是緊實的雪，加上隱形滑溜的冰。有時候，艾波甚至無法分辨他們是走在人行道上，還是在馬路上，因為全都混合成綿延不斷的路徑。他們走下山丘的時候，艾波有一、兩次沒踩穩——驚險萬分打滑，還好爸爸及時伸手，將她拉起。爸爸頂多也只比她好一點點，瑪莉亞送的圍巾緊緊裹住脖子保暖。

沿途他們只跟一對手牽手的男女擦身而過。兩人身穿長及腳踝的扣領大衣，踩著刷毛靴，裹著帽子和圍巾，腳踩迷你滑雪板。

艾波將手鑽進爸爸的手裡，爸爸掐了掐回應。兩人沒再開口，直到艾波逐漸停下腳步，機油、鹹水、海鹽的氣味突然灌滿她的鼻腔，沖擊海岸的憤怒浪濤，將她帶回拚命想遺忘的回憶。

「唔，我們到了。」爸爸小聲說。

艾波上次來到朗伊爾城港口，是十七個月以前的事了。時間難以量化，如此神祕，感覺恍如昨天。

那裡就是托爾的貨船曾經停泊的碼頭——就是那艘救了她跟熊熊，提供他們安全庇護的貨船。那艘藍灰色的船曾經得意地停在碼頭。現在這裡空蕩蕩的。

艾波猛烈地吸了口氣，這裡也是她跟熊熊一起走下船的地方。

那裡——艾波幾乎不敢看——就是莉瑟替她和熊熊拍照的地點，那張照片艾波依然放在胸前。不過，也是在那裡，她小聲說出最後的道別。艾波久久凝望，幾乎可以看到以前的自己還站在原地。艾波多少相信，如果她凝視得夠久，熊熊或許會奇蹟似地從海霧中浮現，後腿仰立，大步朝她全速奔來——

「我們要不要到處看看？」爸爸打開電源，手電筒頓時投出明亮的光束。

艾波點點頭，驅走腦海裡的幽影。「當然好啊。」

在詭異的光線下，看不到多少東西。老家的港口通常人來人往，滿是工人、觀光客、漁夫。但這裡不一樣，除了幾間倉儲建物，一片空蕩蕩。雖然艾波知道托爾可能已經離開，但還是覺得失望。唯一停泊在那裡的是兩艘堅固的探險船，船身是強化鋼製船殼——堅韌到足以應付北方極端的天候，可以衝破紮實的海冰。眼前沒有任何生物跡象。

「我來了，熊熊。」艾波低語：「我回來了。」

在艾波內心最深處——她所有祕密存在的地方——她偶爾會想像，回到斯瓦巴時，會發生什麼事。在想像中，熊熊會莫名**知道**艾波回來了，艾波不用尋找牠，牠就是會出現。然後他們會奔向對方，發出驚天動地的團圓熊吼。

艾波細心傾聽，看看是否有熊熊的任何線索，看看熊熊是否知道她回來了。不管艾波多麼努力豎耳傾聽，除了海鷗的尖鳴和海洋的低嘶，什麼也聽不見。

「艾波！」爸爸大喊，**「在這邊！」**

艾波身體僵住，不是因為天氣冷颼颼，而是因為其他更糟糕的什麼。爸爸的語氣裡有種嚇人的急迫，艾波的背脊竄過各種冷顫。艾波連忙轉身，發現爸爸蹲下，手電筒的光束落在雪地一片深色的東西上。

「這邊！」爸爸再次呼喚，艾波腹部翻攪。

艾波好不容易找回跨出步伐的能力，笨拙沉重地一步接一步往前走，最後站在爸爸肩膀旁邊。她喉嚨發緊、呼吸困難，勉強自己往下看。

在那裡，光束捕捉到的，確確實實是某種痕跡。雪地裡一片鏽紅色。是血跡。

CHAPTER

08

北極研究院

The Polar Institute

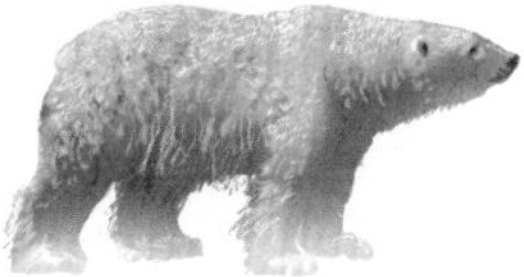

可是你們明白這樣做有風險吧？

But you can see the risk?

艾波隱約意識到爸爸將她從港口拉走，一直安慰她說那個血跡可能是完全不同的另一件事。爸爸帶路，兩人走了五分鐘，抵達一棟L型建築物。那是北極研究院，這裡是研究調查北極的機構，也是莉瑟工作的場所。按照邏輯，下一個他們可以試著找到答案的地方，就是這裡。

艾波笨拙地摸索大門，手指好冰冷，連門把都轉不動。爸爸帶她走進燈火通明的前廳，白色牆面妝點令人屏息的北極照片。要是在其他狀況下，艾波肯定會滿懷敬畏地環顧四周。

可是今天沒有。

相反地，艾波大步走向櫃臺，那裡有個男人頂著爆炸頭、戴著黑框眼鏡，有點年紀，正忙著用筆電打字，左胸口袋上的名牌寫著「文森」。

「有什麼需要幫忙的嗎？」男人抬起頭，驚訝地眨了幾次眼睛。艾波不知道是因為自己的年紀、外表，還是一臉強悍的神情。可能三個都是。

「我在找莉瑟。」艾波劈頭說，連自我介紹都沒有，雙手搭在櫃臺上，「紫色頭髮，穿彩虹靴。」

「啊！你是說莉瑟．勒帕基。」文森點點頭。「她今天早上野外考察，恐怕已經出發到斯瓦巴北部的弗里斯蘭。我們在那邊的保育工作做得滿不錯的——」

「她**出差了**？」艾波驚恐轉向爸爸，爸爸大聲嚥了嚥口水。

直到這一刻，艾波都沒意識到自己把多少希望都放在和莉瑟聊聊。除了托爾，莉瑟是唯一可以幫助他們理解這個嚴酷世界的人——也許能提供某種協助。「可是……她要離開多久？」

「四星期，也許更久，要看天氣狀況。她是監控母熊獸穴的研究小組成員。」文森聳聳肩。「這些不是如你想像的按照時間表進行。」

艾波悶悶地點點頭。類似的研究是北極研究院跟各種慈善機構、組織在北極進行的重要任務之一——監控北極熊的獸穴，特別是小熊出生後的前幾個星期、幾個月是很脆弱的。他們可以藉此看出北極熊的數量是否受到氣候變遷和人類活動的衝擊。

雖然那些事**無比**重要，可是現在派不上用場。

艾波在爸爸的臉上看到同樣的挫折感，要是他們早點抵達就好了。艾波使勁揉揉雙眼。

「有什麼我可以幫忙的嗎？」文森禮貌性將視線從艾波身上移開，投向爸爸。

「有的，也許你幫得上忙。我們正在找一些資訊，有關某天傍晚可能在港口受傷的那頭北極熊。」

「啊，那個不幸的意外，幸好不常發生。看來某些觀光客不小心擊發槍枝。」

「確實很不幸。」爸爸語氣酸酸地回答。

「那頭熊呢？」艾波使盡全力讓語氣保持平穩，「**牠**受傷了嗎？」

「推測是，但無法確定嚴重程度。因為等官方人員抵達，熊已經消失蹤影。」

「可是……牠去了**哪裡**呢？有沒有人找牠？」艾波說，「要是……要是牠受了重傷？會怎麼樣？誰能夠幫牠？」

文森嘆口氣。不是不友善的嘆氣，而是面對連珠砲似的一連串問題而覺得疲憊。

「和大多數的孩子一樣，我的女兒很在乎野生動植物。」爸爸說，出於保護攬住艾波肩膀。「關於那頭熊，如果你有什麼可以告訴我們的，我們會放心點。」

文森調整眼鏡，第一次認真看著爸爸。「我想我剛剛沒聽到你的名字？」

「艾德蒙・伍德，」爸爸回答，「這是我女兒，艾波。」

「你剛剛說艾波嗎？**艾波・伍德**？」文森啪一聲闔上筆電。「該不會是**那個**艾波・伍德吧？」

艾波緊張地嚥嚥口水，掌心依然平貼在櫃臺，在文森眼鏡的倒影裡，可以看到臉色一紅一白的女生，頭髮以直角往外炸開。艾波突然意識到自己不是最好的模樣。

艾波正準備為擅闖進來道歉，文森卻急忙起身，使勁跟她握了握手。「我當時還沒來研究院工作，可是我聽說過你的事蹟，我們大家都聽過。他們跟我提過你的年紀，我沒意識到你真的這麼年輕。」

艾波早已習慣大人用驚訝的態度看著她，也習慣大人常常低估小孩的能耐。大人老是低估**小孩**可以完成的目標，這點特別令人心煩。

「年紀小小，但勇氣無限。」爸爸手臂將艾波的肩膀摟得更緊。

「你覺得是同一隻熊嗎？」文森盯著艾波，「那就是你過來這裡的原因嗎？」

艾波侷促不安，她沒澈底想過要跟莉瑟之外的人說什麼。她**什麼**都沒想過，除了順著那股將她和爸爸拉來這裡，狂野純粹的怒氣。可是，他們投入任務還不到十二個小時，就已經覺得困難許多。

「我們這麼想是有理由的。」爸爸謹慎地說。

文森好奇挑起一眉。

「牠在港口站立，放聲大吼。我們道別的時候，牠就是這個反應。牠**總是**這樣。」艾波說。她正準備說更多的時候，注意到文森的表情。

「印象中，你是不是有幫牠取名字？」

「熊熊。」艾波小聲說。

「**熊熊**，」文森複述，「真特別。」

艾波正想說這沒什麼特別的。跟熊熊當朋友是世上最自然、最美妙的事。跟人類交朋友就不一樣了。跟熊熊交朋友並不困難——輕而易舉、毫不費力，絢爛美麗得令她心痛。

這些她都沒說。不是因為她不想，而是因為文森看著她的表情。

「如果是同一頭熊，那麼不管你們之間有過什麼牽絆，我都不建議你在任何狀況下嘗試找牠。」文森警告，「根本不可能辦得到——你們知道斯瓦巴群島的範圍有多大嗎？就像在大海撈針。要是牠受傷，牠會變得極度危險。北極熊越來越頻繁攻擊人類。」

「那只是因為牠們餓壞了！」艾波氣呼呼反駁，「不是因為牠們想要攻擊人。為了找到食物，牠們才不得不接近人類！」

「說的也是。」文森點點頭。「可是你們明白這樣做有風險吧？」

「熊熊不會傷害我的，我知道。」

「是，可是……」文森越說越小聲。

「可是**什麼**？」

文森再次看著艾波，就在那時，艾波看懂了他的眼神。不是驚奇、敬畏，或甚至難以置信。而是純粹的同情。「可是你漏掉了一個關鍵，」文森輕聲說，「要是牠完全不記得你了呢？」

CHAPTER

09

冷淡的邂逅

A Frosty Encounter

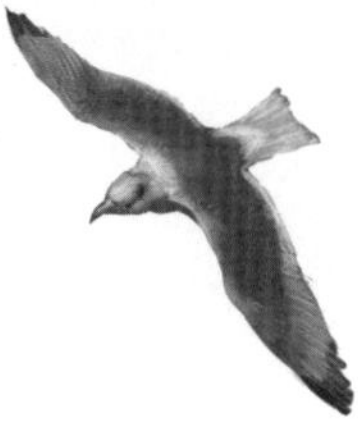

我會帶你過去。

I will take you.

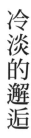

「不！」那聲呼喊來自喉嚨深處，艾波甚至不確定是自己發出來的。她連忙轉身，衝出門口。

「**艾波**！」爸爸喊道。

她頭也不回，沿著人行道狂奔，文森的話在她耳裡迴盪。

當然了，熊熊不是寵物。牠是野生動物，被送回自然棲居地的野生動物。在這個荒涼的新世界裡，牠可能早已遺忘曾經和一個人類的短暫邂逅。

連艾波這麼愛牠的人類，牠都會忘記。

那就是熊熊沒現身的原因嗎？熊熊連她是誰都不知道了嗎？熊熊已經忘記她了嗎？

艾波嚥下逐漸爬升的啜泣感。她知道文森不是故意要傷人。以一個在斯瓦巴生活和工作的人來說，他只是點出現實。重點不只是熊熊還記不記得她，還要查出熊熊經歷了什麼，一切困難重重。

可是，看過那灘血之後，艾波更不可能放棄尋找熊熊。她**絕對不**會放棄，直到她確定熊熊平安無事。

「熊熊！」艾波喊道，在雪地上又溜又滑，偶爾停下來抹掉鼻水。**「熊熊！」**

艾波一次又一次呼喚，語氣越來越絕望，盼望在遠方某處的熊熊可以聽見她的聲音。巴望熊熊會沿著街道大步跑來，用最大的熊抱環住她，讓一切都好起來。

艾波的聲音都啞了，腳步邊滑邊停，胸口起起伏伏，呼吸很不平順。她狂亂環顧四周，這是哪裡？主街嗎？還是其他地方？那裡是山丘嗎？他們旅館的位置？看起來很陌生。

「糟糕。」

她不知不覺來到城鎮郊外——那裡的房舍越來越少，放眼全是廣闊的北極凍原。在這裡，空氣聞起來不一樣——更野性、更濃烈，有種危險的感覺。

濃密的烏雲不祥地聚攏在她的上方，氣溫旋即下降。碩大的雪花開始從空中飄落。幾千種思緒閃過她的腦海。要是她當初好好聽爸的話，先去買合適的禦寒服裝就好了。要是她沒擅自跑走就好了。要是她事先想到要帶地圖就好了。

一股糟糕的羞愧感湧上。羞愧和其他東西——對自己失望的刺痛感。

「你在這裡幹嘛？」

不知道從哪裡傳出來的人聲，艾波嚇了一大跳。她一時沒站穩，從路緣石滑下，滾進一窪深雪。等她抹掉臉上沾抹的雪，抬頭望去，眼前是個灰色大眼的老婦，皮膚跟皮革一樣發皺。老婦穿著刷毛襯裡的雪靴，身上那件長及腳踝的外套，看起來似乎是幾塊毛氈和各種不同材料拼湊而成，戴著加了襯裡的厚厚兜帽。她背後拉了一輛紅色雪橇。

「我……我……我……我。」—艾波試著講話，但辦不到。牙齒冷到打顫得太厲害，一個字也說

不出來。老婦的銳利目光，讓她紅了臉。她慢慢站起身，盡量不要發抖。

「你沒看到嗎？」老婦發出不以為然的嘖嘖聲，指著畫有北極熊的紅色警告標誌。「你們遊客跑到這一帶，卻沒瞭解自己面對多少危險。」

艾波想說的很多，但在老婦緊蹙的眉頭底下，那些話語都在艾波的舌頭上枯萎逝去。有件事很確定——她絕對不會承認自己正在尋找一頭北極熊。

「我要怎……怎……怎麼回

到我的旅館？」艾波只是問。

「不能用走的，反正穿那種鞋子不行。」老婦回答。

艾波還來不及回答，老婦搖搖頭，脫掉外套，遞給艾波。「拿去。」

艾波充滿感激用外套裹住自己，沉浸在立即釋出的暖意裡。外套散發某種奇怪，卻也帶給人安慰的味道——麝香，以及強烈的野生氣味。

「我……我最好回去了。」艾波望向城鎮，突然感覺遙遠得不得了。

「我會帶你過去。」艾波還沒意識到發生什麼事，老婦獨力將艾波扛上雪橇，毫不遲疑地用雪橇繩繞住自己的腰，在腳上綁好滑雪板，沿著街道出發。

自從離開熊島以後，艾波從未坐過雪橇。在熊島上度過的那個夏天，坐雪橇是她十分想念的事情之一。可是這次不一樣，既不有趣，也不輕浮或傻氣。整趟旅程，老婦除了問艾波旅館的名稱以外，什麼都沒說。儘管大多時候老婦拉著雪橇爬坡，卻不會喘不過氣。

「愚蠢、不負責的孩子。」老婦嘀咕，沒等艾波道謝就使勁拉開旅館大門。「建議你趕快進去，最好是回到你該去的地方。」

CHAPTER

10

驚喜

Surprise

我好像老是在找你。

Something I seem to do a lot of.

艾波進入安全溫暖的旅館前廳，才幾分鐘後就不再發抖。但，比冷天感覺還糟糕的，是老婦剛才講的話。

沒錯，老婦很無禮。

可是她說的話也沒有錯。

當自己是超級英雄，一頭熱衝到斯瓦巴，艾波以為她可以拯救熊熊。結果，發生什麼事？還得靠別人救援。牆壁上的那頭馴鹿，憂愁地看著她。

「抱歉，哈米胥。」艾波低聲說。

她不知道自己為什麼要向哈米胥道歉，但在熊熊缺席的狀況下，她需要向某地或某事道歉。熊熊顯然不在鎮上了，這表示一件事——熊熊在斯瓦巴遼闊荒野上的某個地方，而她才體驗那千分之一秒，就足以體會北極可能多麼危險。這裡可不是夏天的熊島。斯瓦巴面積大多了——兩萬四千平方英里，當中有百分之九十九都是完整荒野。連斯瓦巴本身的意思都是「冰冷海岸」。由冰河、峽灣和冰洞組成，非常乾燥，其實在分類上是沙漠，那就是為什麼也稱作「凍原」。她不可能找到熊熊，更別說知道從何找起，在深冬時節真的辦不到，尤其只靠她自己一人。

哈米胥動也不動的臉似乎同意這個念頭太荒唐。

就在那一刻，大門開啟，空氣湧了進來。艾波做好心理準備，肯定是老婦又要來罵她一頓，提醒她，遊客不屬於這裡。

「艾波．伍德！原來你在這裡。」

不是。不是老婦。

完全不是。

雖然艾波背對門口，但她的身子也僵住了。她認得那個快速短促的說話口吻，但還是不敢相信。她連忙轉過身，先是震驚地瞪大雙眼，再來是興奮不已。

「**托爾**?!」

托爾站在門口，踩著紅色雪靴，一身墨黑色滑雪裝，手上拿著的一雙滑雪板，正朝地面滴著雪。托爾的護目鏡搭在淺色的頭髮上，眼睛跟太陽一樣明亮。艾波張開嘴，又閉起來，最後才說出口，「可是……你來這裡幹嘛？」

「還不明顯嗎？」托爾將滑雪板靠在牆上，「我在找你啊。我好像老是在找你。」

托爾試探往前跨出一步，然後打住，兩人尷尬盯著對方。兩人通信得那麼勤，但實際面對面感覺還是很奇怪。彷彿需要重新校準至真實版本。托爾伸出手，艾波握住那隻手，摸起來就像舊繩索，安全而令人放心。那隻手總是能夠將她拉出泥沼。

近看托爾，艾波可以看出他長大了——整整比艾波高一顆頭——臉龐比較精瘦、更有稜有角。托爾給了她一抹熟悉的笑容。看到托爾依然跟過去一樣，是有點淘氣的男孩，艾波鬆了口氣。

「真高興你來了。」

托爾正準備回答，大門再次猛地打開，這次是爸爸踉踉蹌蹌走進來，尤根緊跟在後。

「艾波！謝天謝地，你沒事！」爸爸揪住艾波肩膀，緊緊壓在胸口，艾波可以聽到爸爸的心臟像

加速行走的指針砰砰移動。爸爸終於放開艾波，艾波注意到爸爸已經用極地禦寒衣物層層裹住自己。比那個更怪的是，爸爸看到托爾，似乎一點都不意外。

「**爸**？**托爾**？」

「看來你們需要敘舊，」尤根讀出艾波臉上的困惑，「跟我來，我的房間溫暖多了。」

他們四人穿過標示「私人」的那扇門，走進尤根的起居空間。那裡的裝潢令人意外。艾波看到沒有動物標本，先鬆了口氣。房間裡有溫暖舒適的沙發，一個古董座鐘，矮櫃擺滿比艾波年紀大一點點的女孩的照片。

「我女兒，史薇拉娜。」尤根注意到艾波的視線，「我來準備熱飲，大家把這裡當自己家，不用拘束。」

尤根消失蹤影，艾波在距離火爐最近的沙發上蜷起身子，慢慢復活手指和腳趾。她烘暖身子的時候，爸爸和托爾輪流告訴她。

「你衝出北極研究院的時候，我不知道你去哪裡。」爸爸在火爐前方的地毯上來回踱步，「我試著找你，正巧碰上了托爾。」

「抱歉我就那樣跑開。」艾波說：「我那樣做是不對的。」

爸爸笨拙地輕拍艾波的手，讓艾波知道她被原諒了。托爾接手說故事的下半段。

「你一直沒跟我說你們待在哪家旅館，我跑遍鎮上，一間間問，最後決定試試北極研究院。我才剛到，你爸爸就衝出大門。」

「我們在街上來回尋找，一直找不到你。」爸補充，「然後托爾堅持帶我回旅館，尤根借我一些他的衣服，我們三人組成搜索隊。」

「我還以為你搭船離開了。」艾波說著便轉向托爾。

「我爸爸希望我回去挪威。」托爾聳聳肩，「可是我怎麼可以呢？世界的這一端——即使你在熊島度過夏天——不是你習慣的地方，我想你會需要我幫忙。」

爸爸似乎準備要說什麼。艾波感覺爸爸就要提起文森在研究院說過的事。

「即使熊熊不記得我，」艾波不服氣地抬起下巴，「我還是會救牠千千萬萬遍。因為那就是我們該做的，不是嗎？」

「**我們**？」爸爸問。

「人類啊！」艾波回答，對於老是要指出顯而易見的事而感到氣惱，「人類應該照顧自然，可是我們都沒做到。」

「那就是為什麼我跟你爸爸說，一定要讓你繼續找熊熊。」

「**爸！**」艾波低吼，「你該不會想帶我回家了吧？我們來這裡以前你都說了那些話了耶?!」

爸爸至少知道要臉紅。「那只是因為身為父親的擔心。我只是希望你安全。托爾提醒我，要是我現在就帶你回家，你永遠都不會原諒我。」

「他說的沒錯。」艾波說：「我不能就這樣丟下熊熊，你知道我辦不到。」

「我現在知道了。」爸嘆口氣，「老實說，有托爾幫忙，我開心多了。不過，艾波，你不能再自顧自跑走了，你可以答應我嗎？」

爸爸看起來好累，眉頭擔憂蹙起，艾波感覺肚子因為罪惡感而攪動。她知道爸爸只是關心她，尤其回到這裡，可能勾起當初她險些溺死的回憶。她自己都想起來了。「我保證。」

「好，我們達成共識了。」托爾爽朗地說：「所以，我們目前知道什麼？」

爸爸、艾波和托爾說他們昨晚抵達以來查到的事實——老實說並不算多。

「我也做了些調查。」托爾說：「在弗里斯蘭的維介夫峽灣以北，有不少母熊。」

「莉瑟就在那邊！」

「可是，受傷的熊到不了那麼遠的地方。」

「也就是說，牠一定還在不遠處。」爸爸說。

「這麼一來，有可能在薩賓地。」托爾回答，「東海岸，不會太遠，最近有人在那裡看到公熊。」

「你認為熊熊可能去那裡？」艾波滿懷希望。

「那是最符合邏輯的線索。」托爾聳聳肩。

「那是我們有的唯一線索。」爸爸回答，皺著眉。

「那就表示我們必須去找牠。」艾波宣布：「我們必須到那邊去！」

「對，可是如果要那樣做，我們必須做好準備，艾波。」爸爸用無可避免、逆來順受的語氣說。

「你爸爸說的沒錯。」托爾說，「我們必須有適當的衣物、足以應付寒冷天氣的裝備，最重要的是找個嚮導。我對朗伊爾城滿熟的，可是只限於此。我們需要對那片凍原瞭若指掌，可以幫我們找到熊熊的人。」

這時，門口傳來巨大的鏗鏘聲響，尤根鬆手摔落一整盤的飲料。

「你們在找一頭失蹤的北極熊？」

CHAPTER

11

準備

Preparation

如果你嘗試接近熊，她可能不會贊同。

She would not approve of you trying to get close to one.

等潑灑出來的飲料清乾淨，他們跟尤根解釋，尤根的眼睛散發異常興奮的亮光。

「你真的救過一頭北極熊？」尤根驚呼，「我就知道你與眾不同，就在你的眼神，我看得出來。噢，史薇拉娜會很愛這個的！她特別喜歡北極熊，她說我們必須把牠們照顧好。你打算去追捕牠嗎？」

「不是**追捕**，」艾波想到可憐的哈米胥，「是尋覓。」

「當然，當然。希望你不介意我這麼說，你該不會考慮要自己去吧？」

「我們需要協助。」爸爸說，「也許你可以推薦？」

「當然了！我知道有個不二人選！這裡的社群很小，小到我連對方還沒開始吃早餐，就知道她打算要吃什麼。」尤根對著自己的笑話呵呵笑，然後拉開櫥櫃抽屜，拉出一個甜食玻璃罐。「有沒有人要茴香糖？這是要花點時間才會慢慢愛上的口味，我個人相當喜歡。」

「噢！」爸爸驚呼，「請給我一個。」

「**然後**呢？」艾波盡量不要露出不耐煩的語氣，「你想到了誰呢？」

「啊。」尤根回答，「她叫賀妲，一個話很少的女性。她對狗群說的話可能比對人類說的話還多。她擁有真正的北極靈魂，和追蹤者的淵源很深。」

「追蹤者？」艾波雙眼跟著亮起，她很清楚什麼是追蹤者。她在日記裡寫過一整頁關於他們的事。追蹤者跟隨動物留下的痕跡——氣味、掌印、掉落的獸毛……甚至是糞便。過去，追蹤者也是狩獵者，不過這些年來，他們大多是導遊或是獵場看守人。

「她經營哈士奇雪橇隊——帶遊客坐犬拉雪橇。你可以想像，算是這裡很常見的活動。」尤根說，「她對薩賓地東邊區域的知識，比任何人都豐富。如果有人幫得上忙，肯定就是賀妲。不過我想先提醒一下，最好不要跟她說，你在找一頭失蹤的北極熊。」

「為什麼不行？」艾波問，「如果讓她知道，比較輕鬆，也比較誠實吧？」

「因為這裡的大多數人都認為，不該讓北極熊接近屯墾區。」尤根緩緩地說，小心挑選用字，「有些人，像是賀妲，認為遲早會有人受傷。如果你嘗試接近熊，她可能不會贊同。」

「沒有其他人能幫忙嗎？」爸爸問。

「沒有，他們的經驗都沒有賀妲豐富。」

托爾、艾波、爸爸面面相覷，最後終於點頭。

「那我來替你們安排。」尤根興奮地搓著雙手，「我會說你們是觀光客，想要體驗冒險——在極光下搭乘雪橇！她不會懷疑的。」

這麼臨時才通知，賀妲原本有些猶豫，不過她顯然欠尤根人情，於是同意帶他們到斯瓦巴的東海岸短遊，連續三個冬夜，名義上是看極光。

他們隔天大清早出發。

尤根放下電話，跟他們確認細節，艾波感覺有種奇妙的震顫竄過身體。部分因為即將到來的探險，部分因為即將踏上未知的旅程。最主要的是，有可能找到熊熊。

現在唯一該做的只有準備工作。

幸運的是，尤根說過，他的衣服可以賣給爸爸，包括一雙雪靴，爸爸一大一小的腳恰好穿得下。而托爾早就有完整的裝備，現在只剩下艾波。

「你這樣會凍死的！」托爾邊說邊搖頭。

「我就知道我們應該早點去的。」爸爸咕噥：「探險用品店現在都打烊了。」

「嗯，我可能幫得上忙，」尤根瞇起眼睛看著艾波。他要艾波跟著他到小儲藏室，就在前廳旁，那裡塞滿戶外衣物和雪地裝備。「這是史薇拉娜的，」他指著角落裡一些尺寸較小的衣物。「我……留在這，這樣她來的時候就可以用。歡迎你拿去穿。」

「你真的要借我？」

「史薇拉娜會很樂意借你的。」尤根給艾波一抹悲傷的笑容。

艾波認得那抹笑容，那是假裝自己不寂寞的人的空洞笑容。

「她媽媽是工程師，」尤根邊說邊把玩手上的懷錶，「這裡的迷你社群滿足不了她。不過，對史薇拉娜來說……唔，這裡就是她的家鄉。總之，你們的尺寸差不多。」尤根甩開悲傷，將衣物一件又一件放在艾波伸出的手臂上，保暖的底層衣、防水衣褲、刷毛上衣、長及腳踝的鋪棉外套、兩雙手套、毛氈襯裡的毛球帽、一條暖和的圍巾、幾副雪鏡。最後，溫柔地從掛勾取下乳白色的圓領毛衣，材質是最好的美麗諾羊毛，上面裝飾整齊排列的北極熊。尤根將毛衣遞來。「這是她最愛的一件，我知道她會希望借給你。」

尤根離開之後，艾波換上那些衣物，看著鏡中的自己。她看起來比原本大三倍，自從抵達北極以來，這是她第一次覺得自己準備好面對眼前的任務。

唔，**幾乎**準備好了。

尤根、爸、托爾走進來，艾波擔憂地轉身面對他們。

「我沒有雪靴！」

「噢，等等，史薇拉娜去年冬天買了這雙，但沒帶走。」

尤根忙著翻找地上幾個厚紙盒，遞了一盒過來。

艾波掀開蓋子，感覺得到其他人屏氣凝神的視線。
盒裡是一雙刷毛襯裡的彩虹雪靴。

CHAPTER

12

賀妲

Hedda

請你們務必遵守三大規定。

There are three main rules for you to follow.

隔日一早，在太陽還沒醒來以前，他們就登上尤根的雪地摩托車，前往賀妲的木屋。尤根還沒熄掉引擎，艾波就聽到哈士奇狺狺狂吠、嗚嗚低吼。小屋座落在北極熊警告標示後方，以強韌的木材建造而成，面對荒野，看似防範遠處的一切。沿途，他們經過一些溫暖舒適的木屋，氣味香甜的煙霧從煙囪冉冉冒出，有的甚至有印花棉布窗簾。但這棟木屋不一樣。毫無修飾、有稜有角，籠罩在黑暗中。前廊掛著一堆馴鹿頭角，一些風乾的魚。

「有人在嗎？」爸爸焦慮地問。

「只有一個辦法可以知道！」

儘管肚子緊張翻攪，艾波還是大步走向前門，提起哈士奇形狀的笨重鐵環。她鬆手讓門環敲上厚厚的木門，鏗鏘聲引起狗狗另一波瘋狂吠叫。其他人聚攏在艾波背後，一起看著大門嘎吱嘎吱緩緩打開。

從門口探出的臉，讓艾波的心一沉。她的運氣竟然這麼背！是昨天的老婦。

「**賀妲**？」艾波嚥嚥口水。

「竟然是你！」老婦嘀咕。

「你們兩個已經見過啦？」尤根問。

「只見過一下。」賀妲粗聲回答。

「嗯，請容我正式介紹。這位是艾波，這位是她爸爸艾德蒙，最後這位是托爾。賀妲是帶你們到薩賓地的嚮導。」

賀妲緩緩地將每個人輪流掃視一遍，目光最後落在艾波身上。眼神兇狠銳利，並不特別友善。

「你沒跟我說有小孩。」賀妲皺著眉，「我不可能在這個時節帶她到凍原，太危險了。」

艾波挺直，直直望向賀妲的雙眼。賀妲的眼眸是野狼毛髮和暴風雪雲的顏色。

「我不怕危險。」

艾波原本以為這樣可以達到她想要的效果，但她錯了。賀妲發出一聲狂笑。「精神令人佩服，可是北極是天大的考驗。它不在乎你有什麼感受，不在乎你有多健壯，甚至不在乎你有多少錢。它只在乎一件事——你有沒有能力在地球上最艱難、最嚴酷的地方存活。你之前已經證明你無法通過這樣的挑戰。」

賀妲準備關上屋門。

「那你顯然不認識我女兒。」爸爸一腳卡在門口，阻止屋門關上，「如果你認識她，你就會知道她是我們當中最勇敢的。」

賀妲瞇起眼睛，不發一語。

「讓我證明我自己。」艾波小聲說：「**拜託？**」

賀妲依然悶不吭聲。艾波心跳加快——抵著胸膛劈哩啪啦。他們好不容易走到這個階段，現在要是失敗，就是命運最殘酷的捉弄。

「好吧，我帶你們去，但不能連續三晚，最多只能兩天，這是我的底線。」

確定賀妲不會改變心意之後，尤根向他們道別——塞了一堆茴香糖給爸爸，另外給了艾波一袋花生。

「補充能量用的。」尤根爬回雪地摩托車，「等你們回來的時候再見嘍。等你們順利回來！」

尤根加速離開後，賀妲引導他們走到木屋後方的犬場。艾波的雙眼亮起。她不曾在同一個地方看到這麼多隻狗！犬場四周圍著高高的鐵柵欄，場內少說也有三十間架高的木頭狗屋，每間都是一隻美麗的哈士奇的家——有些哈士奇是深棕色，有些是銀月色，其他則是混合兩種毛色。每間狗屋上頭標示不同的名字。最靠近艾波的是一隻叫做「波」的巨型棕色哈士奇，艾波抗拒不住誘惑，輕輕拍了拍牠的頭。

賀妲先解釋哈士奇跟寵物不同，牠們很有耐力，抵擋得了寒冷。然後召喚每個人過來她身邊。

「請你們務必遵守三大規定。」賀妲下達指示，在一個標示「雷普利」的狗屋旁站定。「第一項規定，也是最重要的一項：不可以脫隊單獨遊蕩。你不會想在北極迷路，因為很可能再也沒有人找得到你，至少被找到的時候不是活的。」賀妲露出陰森的笑容。「我們離開城鎮以後，你們無時無刻都要待在雪橇上，明白嗎？哈士奇對這個地區的認識遠比你們多，牠們被訓練要帶你們到安全的地方。」

艾波偷偷瞥了爸爸一眼，爸爸的臉失去血色。

「第二項規定，」賀妲說下去，「如果遇見北極熊，千萬**不可以**接近。在斯瓦巴，關於北極熊有很嚴格的安全規定，你們要務必遵循。」

艾波張嘴要反駁，但肋骨被托爾手肘用力一戳，艾波連忙閉上嘴巴，在身體兩側緊握拳頭，生悶氣。

「第三項規定是什麼？」爸爸問，喉結緊張地上下挪動。「你說有三項。」

「第三項規定，」賀妲輪流盯著他們每個人，「只要雪橇一停，一定要把狗群拴好。」

他們認真聽進心裡，賀妲似乎相當滿意，繼續說起雪橇的操作方法，包括雪橇停定不動時，駕駛必須隨時把雙腳放在煞車上。賀妲講話的時候，狗群興奮地扭來轉去，想到即將出門探險就猛搖尾巴、雙眼發亮。

「看雪橇有多重，再來決定用幾隻雪橇犬。不過，一般來說，我們需要兩隻橇前犬、多隻團隊犬，加上一隻領頭犬。牠們全部是一個團隊。如果沒有領頭犬，狗群會朝四面八方拉扯，最後哪裡都去不了。領頭犬要有勇氣開出一條路，讓別的狗追隨。」

「你要怎麼挑選領頭犬？」艾波好奇地問。

賀妲鄙夷瞄了艾波一眼。「就像挑選隊長，狗群自然而然會挑出自己的領袖，好了，我們別再浪費時間。」

賀妲吼了吼指示，做好準備。除了睡袋、保暖毯、帳棚，還有大量的烹煮用具、人和狗的食物和水，加上醫藥用品。這些東西賀妲大多已事先打包，所以主要是把束帶拉緊，確保一切就定位。

爸爸和賀妲共乘一架雪橇，由模樣活潑的雷普利帶頭；艾波跟托爾乘坐另一架。他們的領頭犬是費尼根，牠一身銀色毛髮，有一雙聰慧的藍眼。看到波也在狗群，艾波很高興。

「『追隨雪橇』的狗群所接受的訓練是跟隨『帶頭雪橇』，如果你們碰上任何困難，雪橇上有個緊急用品包，裡面有衛星電話、一把刀、一把哨子、信號槍，還有緊急備用糧食、水、衣物，以及點火器具。」

賀妲消失在屋內，出來時一邊腋下夾著斧頭，以及一把令人驚恐的步槍。

艾波嚥嚥口水。她知道在斯瓦巴隨身攜帶武器是法定要求，但親眼目睹，還是讓她肚子一揪。

她沒時間驚慌了，賀妲已經檢查雪橇三次，狗都上好挽具。托爾和艾波的雪橇有九隻狗，賀妲和爸爸的雪橇有十一隻，每一隻都拉緊挽具，高聲吠叫。旭日隨時就要升起，出發的時刻終於來臨。

艾波在賀妲背後瞥到爸爸蒼白的臉。艾波想出聲安撫爸爸，狗群吠聲大到她幾乎聽不到自己。

「出發！」賀妲呼喚。

兩個雪橇隊的狗群又是空咬又是低吼後，瞬間爆發，往前衝刺。他們上路了。

艾波回頭看最後一眼，城鎮明亮的燈光漸漸遠去，直到消失不見，黑暗像寂靜一樣籠罩。才幾分鐘，屯墾區以及它的舒適和安全，遠遠拋在後頭。

北極探險正式開始。

CHAPTER

13

哈士奇雪橇

Husky Ride

跟自然融為一體。

Of becoming one with nature.

陽光越來越亮，雪橇隊走的路線曾經有不少人走過。他們穿過狹窄的山谷入口，山峰在兩側升起，艾波不大敢仰頭張望。

托爾以前在挪威搭過很多次哈士奇雪橇，他堅持由艾波駕駛，累積經驗。雖然艾波按照賀妲的指示，但是保持膝蓋微屈，比表面看起來困難許多。光是為了繼續坐好，就耗掉她所有的體力和專注力。她從來沒滑過雪，也不習慣長時間固定一

種姿勢。手臂僵掉，雙手在橫桿上抓得死緊。太緊了，雪橇犬察覺到艾波的不自在，隊伍開始凌亂。

「抱歉。」艾波喃喃，「我知道我必須放鬆。」

「放軟！」為了壓過風聲，托爾在艾波耳邊喊道，「記得你跟我說過的話嗎？把你自己想像成水。」

儘管艾波沒辦法看托爾的臉，但想起兩人頭一次在船上碰面的情景，不禁漾起笑容——她當時告訴托爾跟

動物相處要怎麼保持放鬆。艾波想像自己的手腳放軟，就像微風中的樹木；想像雙腳生根，朝地面下鑽。一陣子後，艾波開始進入鬆軟狀態。握著手把——握得牢牢的，但不會太緊。跟自然融為一體。

要是有什麼是艾波擅長的——非這個莫屬。

一身防寒衣物、刷毛襯裡的靴子，讓艾波感覺自己受到保護，足以抵擋刺骨寒意。風在她耳邊呼嘯，滑行板在雪地上咻咻溜過，遼闊的天空在頭頂上開展。艾波鬆開雙腿和雙臂的緊繃。在一個美妙的瞬間，她彷彿成為哈士奇雪橇隊的延伸——不是站在雪橇上，而是成為狗群的一員，奔馳穿越北極。

那個瞬間驟然結束。艾波分神，焦點從雪橇犬移開。結果波和可可——兩隻橇前犬感受到艾波鬆開抓握，轉眼間，隊伍打結。艾波面朝下跌在雪地裡。

「你一定要跟雪橇犬通力合作，艾波。」賀妲從自己的雪橇上嚴厲喊道，「你不能期待牠們替你扛起所有的工作。」

艾波被訓斥以後漲紅了臉，儘管撞到膝蓋，還是忍痛爬了回去。接下來幾個鐘頭，全神貫注在雪橇犬身上，維持一種緊繃卻又放鬆的狀態。他們往前奔馳，穿過又長又窄的窪地和山谷，四面八方都是包圍他們的陡峭山峰。

這裡跟新家不一樣。新家偶爾有樹木、樹籬，以及一排房子。這裡靜謐無垠，沒有任何生命跡象。白雪皚皚，顯然沒有草叢、樹木，或任何顯眼的植被在這裡生長。

雖然艾波來過極地，但在此時，她領悟到自己並未體驗過**真正的**北極。至少不像這個樣子。冬天的北極不是個友好、和善的地方。而是個廣袤靜寂的世界，充滿古怪扭曲的陰影，看起來根本不像是在地球。

伴隨雪橇犬的喘氣聲，兩架雪橇隊默默前進。艾波除了自己的陰影，什麼也看不見。駕駛雪橇的工作困難疲累，艾波身體的每條肌肉都在痛。午餐時間到了，她踉蹌走下雪橇，如釋重負蹲坐著。

「你們一定要先餵雪橇犬吃東西，解開挽具，清掉殘冰，替牠們換襪子。我駕雪橇出門的時候，一向以雪橇犬為優先。」賀姐對每個人下令。

艾波立刻覺得心虛。雖然哈士奇喜歡長途奔跑，照顧牠們也很重要。艾波輪流呵護團隊裡的每隻狗，在牠們耳邊輕聲道謝。等雪橇犬都吃飽，喝水，在人群四周圍成具有保護作用的一圈，賀妲終於拿出他們的補給品。首先是搭配裸麥厚片一起吃的溫蔬菜湯。等大家喝完湯之後，賀妲拿出另一樣，「喏，馴鹿乾。」

「不用了，謝謝。」艾波拿出自己那包花生，啃了起來。

「距離這裡大約三小時路程有一間木屋，我們往那邊走，晚上就在木屋休息。」

雪橇犬快快小睡，睡夢中抽動著尾巴。賀妲陷入沉默，一臉謹慎，凝望遠方。她的斧頭橫放在膝上，信號槍、步槍擱在身旁。

艾波知道賀妲在防範什麼，但就是忍不住想問。

「你在找什麼？」

「北極熊。」

艾波知道，信號槍會發出響亮的噪音，嚇唬北極熊。如果那樣起不了作用，接著就是……

「朝牠們的心臟開槍。」賀妲彷彿讀到艾波所想。

CHAPTER

14

巧克力和變化

Chocolate and Change

離開小屋前，總是為下一位旅人準備。

Always leave the cabin ready for the next traveller.

小屋雖然簡陋，但令人意外地舒適。木頭搭造，聞起來有營火的氣味，座落在前不著村，後不著店的荒地。以前是給獵人使用的，他們會設陷阱，在斯瓦巴度過漫長的冬季，為了毛皮捕捉海豹、北極狐、北極熊。這些年，小屋的使用目的大多無害——提供給勇敢或魯莽到足以穿越北極的人暫住。

除了吼指令、指出偶爾現身的馴鹿或狐狸足跡以外，賀妲一天說的話不超過三個字。艾波不得不認可她的領導能力。這裡沒有路標、沒有馬路、沒有明顯的標記——只有一層層壓實的厚重積雪，短暫出現的冬陽已經西沉，只剩頭頂上隱約閃爍的星光。

兩架雪橇隊停下的時候，艾波已經累到幾乎無法行走。現在他們都知道該做什麼。必須先讓雪橇犬吃東西、喝水，時間晚了，他們必須確定雪橇犬可以好好過夜。賀妲抓起鶴嘴鋤，忙著剷除門前的新雪。

小屋裡面簡樸宜人。兩塊實心木頭釘在一面牆上，艾波推測是床板。房間中央有一個小小的金屬火爐，各式各樣的冰鑽、斧頭和烹飪器具，掛在牆壁。室內很冷，非常非常冷。賀妲做的第一件事就是點燃火爐。

「你們看得出這裡預先準備了嗎？」賀妲對著圍在火爐前站立的人們說。他們早已筋疲力盡，沒人擠得出力氣回答。「這是斯瓦巴的規則之一。離開小屋前，總是為下一位旅人準備。」

賀妲要托爾將一個紅水壺裝滿雪，托爾是他們三人最警覺的。托爾離開小屋時，賀妲忙著清空行囊，爸爸疲憊地蹲坐下來。「你還好嗎？」艾波小聲說。爸爸已經好幾個小時沒說話，一直好像有點驚呆的模樣。「也許來杯熱茶？」

爸爸靜靜地點點頭。艾波覺得自己從沒看過爸爸這麼可憐的模樣。「我想他們這邊應該沒有唱機？」

儘管情勢嚴峻，艾波依然噗嗤一笑。笑聲如此突然又響亮，在小屋裡像雷聲一樣彈彈跳跳。

賀妲皺起眉來。

「你在搞什麼？」起初艾波以為賀妲對她講話，但賀妲銳利的目光牢牢對準爸爸，爸爸正癱軟在地板上。

「讓疲憊的靈魂喘口氣。」爸爸回答。

「一定要先換衣服。」賀妲指示，「我們必須清理靴子、脫掉任何濕掉的衣物，換上溫暖的衣服。這樣才能拯救你的性命。當你懶得動手，就是你非得動手的時候。」

爸爸嘆氣。艾波知道賀妲說的沒錯，可是艾波真希望賀妲態度可以稍微好一點。艾波掐掐爸爸的手，希望爸爸接收得到她的心意。畢竟，這趟歷險不算是爸爸自己的選擇。

爐火燒得正旺，他們四人圍著火爐坐下，感激地一邊享受暖意，一邊喝東西。賀妲反覆警告他們讓北極熊聞到食物會有什麼危險。他們離北極熊棲地越來越近，她在確定每個人都安安全全待在小屋，大門牢牢關上後，才把水壺放在爐子上煮。等水煮沸兩次，確定澈底消毒，托爾將茶水倒入鋼製馬克杯。艾波手指貼著馬克杯，啜飲一口。她對茶本來就沒什麼興趣，而且這個茶很淡，帶了一點銅味。

如果她閉上雙眼，或許可以把這杯茶想像成熱可可。

艾波幾乎聞得到：甜甜的，有糖味與奶香。艾波睜開眼睛的時候，詫異地眨了眨眼。賀妲正拿著一根巧克力棒，小心掰成四等分，將第一份遞給艾波。

「給你，你今天很努力。」

「謝謝！」艾波訝異於聽見自己幾乎忘了的好話。

托爾將他的那塊又平分成幾分，先吃一份，保留剩下的部分晚點吃。賀妲一角一角有條不紊地吃著。爸爸貪婪地一口吞食。艾波剝下一小塊一小塊放進嘴裡。巧克力在嘴裡融化時，艾波發出滿足的嘆息，決定把剩下的留給熊熊。

前提是熊熊平安無事。儘管整天豎耳傾聽，觀察有沒有熊熊的跡象，艾波依然什麼都沒聽見。艾波的內心揪成一團，就像參加考試，或是踏上漫長旅程之前那樣。嘴裡的巧克力滋味，頓時變得苦澀。

「天空滿是烏雲，我們今天晚上是看不到極光了。」賀妲打斷了艾波的思緒，「如果你們運氣好，也許明天看得到。」

「希望看得到。」就像忘了他們來這裡的真正理由，爸爸恍惚地說：「你記得午夜太陽嗎？艾波？」

儘管肚子糾結，艾波對著那份回憶綻放笑容。一起欣賞午夜太陽，是她和爸爸在熊島上共享的少數快樂時刻之一。「太陽一直不睡覺，整晚都在空中。」

「唔，極光恰恰相反。」爸爸雙眼亮了起來，「有趣的是，造成那些光束效果的能量來自太陽。是這樣的，太陽創造了太陽風。其實，極光的學名是*Aurora Borealis*，意思就是『日出與風』。」

「我看過幾次。」托爾說，「每次都很神奇。每個人都應該體驗看看。」

雖然艾波是來找熊熊的，但她向宇宙發出小小心願，希望自己有機會看到這些怪異奇妙的光。

「是大自然最棒的禮物之一，人類破壞不了。」賀妲發出一聲長嘆，「可惜不包括北極。」

「你看到了什麼？」爸爸好奇地問，「我曾經在熊島測量氣溫。我很好奇北極受到了什麼影響？」

「多到說也說不完。」賀妲說：「首先是下雨。我年輕的時候，這邊一年下一、兩次雨。可是現在？秋天越來越常下雨。這就是朗伊爾城山崩的原因。住在這裡向來很危險，但是這幾年是因為其他的原因才變得危險。」賀妲皺眉。「我甚至不想思考永凍層融化可能帶來的後果。」

好奇怪，艾波暗自心想。冬天來到北極，很難想像正在改變。那就是氣候變遷的問題所在。很多事情發生在視線範圍之內。而親眼目睹變化的，卻是在遠處實際遭受影響的人。

「以前每到冬季，峽灣會凍結。」賀妲說，「但現在很多峽灣已經不再完全凍結。冰河正在融化；雁鴨更早過境，更晚離開。鱈魚出現在過去不曾出沒的水域。當然，還有北極熊……」

她搖了搖頭。

「我建議大家現在上床就寢。」賀妲粗魯地說，「狗群會負責看守，如果你們在夜裡聽到任何怪聲，不管你們原本在做什麼，千萬都不能到屋外，甚至不要出去上廁所。」

經過匆匆討論，大家同意上下鋪留給爸爸和艾波，賀妲和托爾裹入各自的睡袋，在火爐旁過夜。

當其他人漸漸墜入夢鄉，艾波感覺到一股興奮的震顫。身體裡彷彿有燈光亮起——竄過她全身，能量透過血管流動著。明天他們就會抵達薩賓地，那就表示（雙手交叉緊握）他們會找到熊熊。

往最壞的情況去想，沒有意義。艾波必須相信熊熊好好的。她**得**這麼想。睡著前，她檢查自己的行囊，花生醬就放在底部。她把行李摟在胸前，漸漸睡去，夢到了她最要好的朋友。

CHAPTER

15

熊吼

A Bear Roar

某個令人畏懼的巨獸，直接奔向她。

Something large and formidable that was running straight at her.

艾波在半夜醒來。那張床睡起來硬得跟水泥似的，她的左臂抽痛。即使睜大雙眼，小屋也黑得伸手不見五指。只聽得到爸爸發出模糊的鼾聲，以及另外兩人從火爐邊傳來有節奏的呼吸聲。

喚醒艾波的並不是這些聲響。

外頭——透過小屋的木頭牆壁，傳來了不同的聲音。那個聲音撥動了她的靈魂。是北極熊的聲音。

艾波連忙坐直，耳朵抵在牆上，透過厚厚的木頭，她只聽得到鋪天蓋地的寂靜。一時片刻，艾波納悶是不是夢。

她正準備再次躺下的時候——聽見了隱隱約約的隆隆聲。低沉、兇狠、壯麗。肯定是一聲熊吼。不過，是從哪裡傳來的呢？在北極，聲音的傳播方式很詭異，即使艾波聽力相當敏銳，依然摸不清那個聲音來自幾英里，還是就在小屋外。

她只知道一件事：她打算查個究竟。

艾波悄悄溜出睡袋，小心翼翼爬下來。火爐邊有人動了動，艾波僵住，然後踮起腳尖走向門口。聲音再次響起，現在更近。艾波偏頭傾聽，想要確定。對，絕對是熊吼，她的心怦怦跳著。

艾波在門邊停住腳步，深呼吸。不只為了鼓起勇氣，更是為了穩住心神。

另一方面，她可以聽見狗群的騷動。其中一隻發出哀鳴。然後，還有別的——

聽起來像是巨大笨重的腳掌，踏在雪地上的悶響。

「**熊熊**?!」艾波低語，焦躁不安。

她再次聽到那個聲音，這次更接近了。噢，熊熊。

熊熊就在外頭！熊熊找到她了！

艾波全身靜止不動——五官處於警覺，蓄勢待發。突然間，傳來不同的聲音。

沙沙聲，刮磨聲，彷彿熊熊蹭著小屋側面。

接著一切同時發生。

狗群爆出此起彼落的狂吠。

東西斷裂。

一聲兇猛的熊吼。

更多狂吠和咆哮。

其他人醒來，倒抽一口氣，艾波再也無法等待，就是**無法**。艾波猛力拉開門，一陣冰冷的空氣直接迎面鞭來。艾波眨了一次，兩次，除了一陣濃密的飄雪，以及狗群扯著拴繩的狂亂動作之外，什麼也沒有。在那陣噪音和混亂中，還有別的東西。

某個令人畏懼的巨獸，直接奔向她。

「**熊熊！**」

艾波瞪大雙眼。骯髒的白色毛髮一閃而逝。短短片刻，艾波的心為之飛揚。接著，那頭熊完全進入視線，牠張大嘴巴、放聲咆哮。等艾波意識到自己的錯誤時，為時已晚。

這是一頭熊沒錯。

但不是**她的**熊熊。

這頭熊比較瘦、比較老，受到更多摧殘。牠的牙齒尖利泛黃，散發野性的狂暴與蠻力。在那心跳暫停的片刻，熊直直盯著艾波——不是那雙溫暖的巧克力色眼眸，而是掠食者的冷硬目光。以某種奇怪的角度來說，是美麗的。艾波即使嚇得僵住，

也看得出這一點。

艾波嚇到無法動彈，雙腳牢牢定在地上。就在那頭熊伸出巨掌，準備朝她衝來，她的衣領被人揪住，將她扯開。

「馬上進屋！」

接著，傳來槍響。

槍聲如此響亮、駭人，尖銳地刺痛艾波的耳膜，她往後踉蹌回到屋裡，癱倒在地板上。

「那頭熊！」艾波喘氣，「不要傷害牠！」

槍火的聲響讓那頭熊停下腳步。艾波看了最後一眼。那是一頭老熊。饑腸轆轆，顯然走投無路。儘管那頭熊差點殺了她，她感到強烈的同情。接著，賀姐朝上射發信號槍，空中傳來雷鳴般的裂響。那頭熊再次咆哮，轉身跑開。

賀姐狠狠甩門。

「你在幹嘛？」賀姐一面用氣音斥責，一面急忙轉向艾波，灰色眼眸閃現怒意，「你想害自己丟掉小命嗎?!」

賀妲氣沖沖看著爸爸。「就跟你說過，帶她來是個錯誤！外面有一隻野生北極熊，而你女兒竟然想過去跟牠打招呼？」

賀妲突然轉向艾波。「你都不替其他人想想嗎？你的愚蠢會害大家陷入險境。竟然去惹公熊？牠們不是觀光景點。牠們是高度危險、會奪人性命的野生動物。」

「抱歉。」艾波將臉埋進雙手，努力避開爸爸和托爾的失望眼神。

「我不在乎你有多抱歉。」賀妲小聲說：「我們明天早上就回頭。」

CHAPTER

16

緊張

Tension

因為太執著想要，結果想盡辦法說服自己。

When we want something so much, we end up telling ourselves anything for it to be true.

隔天，眾人陷入靜默。那種靜默似乎讓木屋縮得更小。除此之外，小屋寒意逼人，是令人心煩意亂的寒冷。

賀妲和托爾在屋外檢查狗群——讓每個人鬆一口氣，雪橇犬毫髮無傷，只有幾支棄置的老舊雪板遭到破壞，沒有其他狀況。艾波在屋裡用撥火棒讓柴火燒得更旺，爸爸手裡捧著一杯熱茶。

沒人開口說話。

艾波卯盡全力才說服賀妲不要立刻返回朗伊爾城。最後，在托爾聲援下，賀妲好不容易才同意，只是態度顯然猶豫不決。

艾波原本確定那聲熊吼是熊熊發出來的，她**深信不疑**。聽起來就是熊熊的聲音沒錯。乍看之下，那頭熊看起來就像熊熊。

可是，牠不是熊熊。

那頭熊仰立在眼前，滿口參差發黃的牙齒。這份回憶讓艾波直打哆嗦。

她怎麼會錯得這麼離譜？

爐火逐漸熄滅，艾波戳了戳，這次更用力，直到發出嘶嘶聲，噴吐火花。她真的這麼心急，寧可讓每個人陷入險境，只因為想再次見到熊熊？

艾波再次戳了戳火，撥火棒咚咚敲著爐框，聲音在小屋裡蕩漾。

「艾波，**拜託**，別再敲了，」爸爸厲聲說，「我的頭真的超痛，你那樣做對我沒幫助。」

「抱歉。」艾波嘀咕。

「你昨天晚上到底在幹嘛？」爸爸抬起布滿血絲、睡意濃濃的雙眼，語帶指控，「你不只讓自己陷入危險——也讓我們大家都面臨風險。」

艾波的內在一陣刺痛。她現在最不需要的就是有人提醒她，她先前的行為有多不負責任，她很清楚自己是錯的。

「我完全支持你，支持你想找到那頭……找到熊熊的渴望。」爸爸摘下眼鏡清理，瞇眼盯著艾波，「**不能**以任何人的安全作為代價——尤其是你自己的。」

「我又沒危險！」艾波回答，知道自己扭曲事實，「當時**沒**那麼危險。」

「那只是因為賀姐很快採取行動！」爸爸把眼鏡戴回去，定睛看著艾波，「從熊島回來之後，我向自己許下承諾，永遠不會再讓你陷入危險。結果現在，才兩天，你差點害自己丟掉小命。也許賀妲說得沒錯，我們應該回頭。這個地方……這個地方比我想像的危險多了。」

「我們不能現在回頭！」艾波喊道：「都這麼近了！」

爸爸若有所思瞥了門口一眼，北極的嚴寒就在外頭等著他們。「今天，我們先看狀況再說。」爸爸用堅定的語氣說：「要是我們碰上更多……熊……那麼我恐怕別無選擇，只能做對的事。」

語畢，爸爸挺直肩膀。

「我就知道會這樣！」艾波喪氣，鬆手讓撥火棒掉在地上，發出巨大的鏗鏘聲響，「我就知道你會改變心意！你一開始就不想來。」

「沒有這回事，艾波。」爸爸小聲說。

「就是有！」艾波回嘴，「你會在這裡只因為有托爾。你根本不想來，你連熊的名字都講不好！」

爸爸重重嘆了口氣，迴避艾波的視線。

「看吧！你不在乎牠！」艾波喊道，知道自己在吼叫，卻制止不了話語從口中湧現，「你不在乎熊熊，不在乎我！反正從你認識瑪莉亞以來就這樣了！你只想跟她在一起！」

爸爸詫異地抬起頭，皺眉，露出受傷的神情。艾波連忙用手摀住嘴。那些話是從哪來的？是真的嗎？她的心一團亂，再也無法分辨。不管是真是假，那些話已收不回來。

「對不起，」艾波低聲說，「我……」

艾波無法再說更多，大門打開，賀妲走進屋內。「我們得出發了，艾德蒙，幫我一起上行李。托爾可以負責餵食和照料狗群。」賀妲陰沉地看了艾波一眼，「至於你，待在原地。」

爸爸沒回頭，離開小屋。

小屋清空，狗群套好挽具，東西都堆上雪橇，爸爸還是沒正眼看她。爸爸在賀妲背後坐定，而艾波則疲憊地爬上托爾後方。

「很容易犯那種錯。」托爾邊說邊輕拍艾波肩膀。

起初，艾波以為托爾指的是她剛剛對爸爸說的話。後來才明白，他說的是昨晚。

「人類很好笑。因為太執著想要，結果想盡辦法說服自己。」

艾波點點頭。她累到沒辦法反應。不只如此，她害怕如果開口，就會忍不住哭出來。反正托爾也沒注意到，他太過專注在控制狗群。

至少今天他們會趕到薩賓地，艾波安慰自己。那就表示，他們距離找到熊熊更近一步。

「**出發！**」托爾一聲令下，他們隨之啟程。

CHAPTER

17

災難

Disaster

一聲響雷驟然劈開天空。

Then a sudden clap of thunder split the skies.

預定行程是前往薩賓地。吃完午餐，循來時路回到小屋，再過一夜。最後回朗伊爾城。

他們越往荒野走，艾波的五感變得越敏銳，彷彿原本處於蟄伏狀態，由冷冽的北極空氣一一喚醒。如果不是因為這樣，就是因為她逐漸想起怎麼更像一頭熊。

賀妲解釋過，薩賓地範圍廣闊，有冰河、山峰、崎嶇的海岸。艾波並不會天真到想像幾百頭北極熊坐著等她。北極熊大半時候獨來獨往，能在野地裡看到一隻，已經是少數人享有的優待。

他們抵達的時候，雖然眼前一隻北極熊也沒有，但景色美得令人屏息。剛過中午的陽光底下，積雪似乎在發光。賀妲將雪橇犬留置在山腳休息，往上指向一道冰凍的河流；那條河沿著山側，往下蜿蜒，鑿出自己的河道。

「那是山谷冰河。」爸爸敬畏地喃喃低語。

賀妲點點頭。「在這裡好幾千年了。」接著，指著對面的那座山。「你之前問我斯瓦巴有什麼變化。看看那邊。以前那裡也有一條山谷冰河，現在什麼都沒有，只剩一塊匾額，標示出原本的位置。」

艾波硬是壓下一口氣。她知道冰河正在融化，但不知道**那麼**快。

「我們會在這裡紮營，稍微探索一下這個區域。」賀妲刻意看了看艾波，「有件事很清楚，誰也不能獨自脫隊遊蕩。」

賀妲扛起緊急用品包，引導大家朝冰河走去，信號槍在槍套，步槍斜掛在背上。他們沒有防滑鞋釘裝在靴底，所以沒有人可以走在河面上，賀妲說這樣太危險。她讓大家和冰河拉開安全距離，時時東張西望，隨時保持警戒。她的話似乎比平時更少，一直若有所思仰望天空——艾波倒是看不出天空有什麼不同。

大家，包括爸爸，都覺得冰河相當神奇，艾波卻忍不住心急，四處張望。熊熊在哪？牠在這裡嗎？牠在附近嗎？牠為什麼不快出來？艾波沒辦法脫隊，更不能發出一點熊吼。

午餐吃到一半的時候，艾波刻意將花生醬從背包裡拿出來，旋開罐蓋。熊熊現在一定會過來吧？尤其如果感應到牠最愛的食物。艾波正忙著在燕麥餅乾抹花生醬時，賀妲突然站起身。

「我們要回頭了。」

「**什麼**？」艾波很是詫異。

「天氣的關係。」賀妲指著地平線，艾波隨著賀妲的視線望去。比平時更模糊不清，但看不見令人擔憂的地方。「天氣預報沒說有暴風雪，可是北極看來有自己不同的計畫。如果我們現在離開，可以在碰上暴風雪前抵達小屋。」

「可是……我們不能回頭！」艾波喊道，感覺自己的手捏碎燕麥餅乾。「我們才剛到，而且——」

「我們今晚會進駐小屋，等暴風雪過去，甚至更晚可以看到極光。」賀妲回答。艾波茫然看著賀妲。賀妲為什麼對極光這麼執著？艾波根本不在乎極光！她在乎的是熊熊。

「爸！」艾波轉向爸爸，但爸爸再次避開和她眼神接觸，爸爸一整天都這樣。爸爸一定很高興他們要回頭了。艾波看看那罐花生醬，望向地平線。艾波聞出空氣裡的變化，彷彿變濃，雖然她什麼也看不到。

「你盡力了，艾波。」托爾溫柔輕拍她的肩膀，「我們不能待在這裡，有危險。」

「我們不能拋下牠！」艾波喊道，「我們都這麼接近了，我就是**辦不到**！」

「我們沒有要拋下任何人。」賀妲匆匆收攏狗群的碗、裝飼料的容器、水瓶，放回雪橇，「我們每個人都要離開。」

艾波從賀妲轉向托爾，再望向爸爸，才領悟自己寡不敵眾。

「我要留下！」艾波氣急敗壞地說，「我要待在這裡，直到暴風雪過去！」

賀妲嘲諷地瞥她一眼。「別荒唐了。你知道北極的暴風雪可能持續多久嗎？幾天？幾星期？這裡是世界的邊緣，不會永遠親切。我說過，這趟探險我有最後決定權，而我決定我們現在就要離開。」

艾波感覺得到那場暴風雪了。不只氣溫下降、氣氛變化，彷彿北極整個振動，往下移了八度音。

「我們必須離開。」賀妲將最後一條挽具扣好，「動作快！」

哈士奇張嘴吠叫，感應到空氣中無形的流動。連賀妲都費力要控制牠們。不久，大家都離開了艾波，在雪橇上就位。

她怎麼能離開？

她都這麼接近熊熊了，怎麼能一走了之？不知道熊熊是否受了傷，甚至是不是還活著，她怎麼能離開？她覺得喘不過氣，內在彷彿有個深淵被打開，將她裂成兩半。

「來啊，艾波。」爸爸給她一個沒得商量的表情，「我們得走了，**馬上**。」

艾波步履沉重，跨出一步又一步，最後在托爾背後坐定。雪橇前方的狗群把挽具撐得緊緊的。

「**出發！**」托爾喊道。

一行人就此出發，駕著雪撬遠離冰河，遠離薩賓地，遠離熊熊。他們這麼做的時候，艾波感覺心裡有什麼碎成千千萬萬片。不只是因為她即將離開北極。

也因為她在找到熊熊之前就要丟下熊熊。

天色愈來愈暗，艾波隱約意識到風勢漸漸增強，在一時踉蹌後，艾波才領悟到，雪橇讓托爾控制得很吃力。

「可惡！」托爾咒罵。

狗群回歸隊伍，但比之前凌亂，雪橇持續緩緩前進。在領頭犬費尼根前方，艾波可以勉強看出賀妲和爸爸那架雪橇。風勢頓時大作，托爾卯盡力氣，勉強讓他們不會偏離路線。

狗群往前衝刺。

一聲響雷驟然劈開天空。

一隻雪橇犬被嚇著，一時驚慌，往空中一躍。費尼根往前拉，和其他雪橇犬挽具纏在一起。不久，哈士奇隊伍整個亂掉，最後在雪地裡糾纏成一團。

托爾再次咒罵，從雪橇跳下，抓起緊急用品包。「我必須解開拴繩！」他大喊，「牢牢踩好煞車！」

現在，雪已經開始飄落。雪花一開始很輕柔，不久就變得厚重，在強風中猛力斜飛。前方，賀妲和爸爸的雪橇在遠方消失無蹤。狂風大作，掩蓋了他們在無意間拋下另一架雪橇的事實。

「韁繩完全打結。」托爾喊道，「能不能把刀子遞給我？緊急用品包裡沒有！」

刀子肯定被收進裝廚房補給品的袋子了，就在她背後。如果要拿，艾波必須一腳鬆開煞車。如果小心點，也許辦得到。艾波伸長身子。

砰轟。

另一聲響雷劃破空中。這一次聲音大得嚇人，艾波一時失去平衡。

狗群意識到沒人控制，頓時躁動起來。艾波忙亂抓住控制桿，拚命把全身重量放回煞車上。

「**停！**」艾波絕望呼喊，「**停！**」

「艾波？」托爾大喊，「**艾波？**」

托爾的話語遙遠模糊。暴風雪扭曲了聲音，艾波甚至無法辨認來自何方。她試著轉動狗群，拴繩糾纏在一起，狗群繼續衝刺，托爾的喊叫越來越模糊。

更模糊。

更加模糊。

直到完全消失不見。

CHAPTER

18

暴風雪

Arctic Storm

即使再也看不到熊熊，她也要為熊熊而戰。

Even if she never saw Bear again, she would still fight for him.

暴雪落得如此濃密、疾速，艾波必須全神貫注才能勉強撐住。時間變得一片模糊。什麼都看不到，什麼也聽不見。她的護目鏡朦朦朧朧，臉龐暴露在外的部分感覺紅腫，手指和腳趾完全麻木。即使穿著冬季禦寒衣物，還是敵不過北極暴風雪。

彷彿經過永恆的時間，雖然她根本無從測量。狗群終於停下腳步，因為費盡力氣而喘息。

雪很濃密、很絕對，艾波看不到自己。說這是暴風雪，倒不如說是一堵牆。某種實心且無法穿透的強悍。艾波抹了抹自己的雪地護目鏡，而它們只是立刻又變回朦朧。

「**爸！**」艾波喊道，「**托爾！**」

只是白費力氣。不管她喊得多大聲，聲音一直被風攫走。風聲呼嘯，從四面八方推擠她、打擊她。

現在它們不再移動，艾波感覺寒意滲入身體的每個毛孔。賀姐說過，要是他們走散了，要怎麼做？**快想**啊，艾波，快想。她的腦袋好鈍。當然了！緊急用品包。

感謝老天。裡頭會有她在得救之前所需要的一切。艾波手往背後伸，驚恐小叫一聲，托爾在狗群跑走以前，把緊急用品包拿下去了。

賀妲的雪橇是領頭的雪橇，補給品大多都在她那邊。艾波只有一箱餐具、兩盒狗食，加上飯碗。艾波的包包裡有睡袋、額外的衣物、日記，和中午吃剩的起司和裸麥麵包。除此之外，有用東西並不多。

艾波用力嚥一嚥口水。

強風狂吹不歇，從每個角度擊打艾波，刺耳的風聲鑽入她的腦袋，壓過所有的思緒，只留下一個：賀妲說得沒錯。

北極不是適合小孩的地方，甚至不適合**人類**。

自從來到這裡，艾波就犯下好多失誤，做出一個接著一個愚蠢的決定。現在的她厭倦了。她厭倦了一切。風聲尖嘯不停，暴雪紛紛落下，她好想乾脆閉上雙眼。將所有噪音隔開。

她將臉頰靠在雪橇表面，讓雪花一片片往下飄在她身上。一點又一點，積雪蓋住她，直到她被淹沒。像在世界的表面下，她就停在那個狀態裡，作為積雪的一部份，化為北極的一部份，成為暴風雪的一部份，變成自然的一部份。

好冷啊，她可以好好睡一場，**她想要睡**。

直到大地發出呢喃，從她臉頰底下傳來。

起初艾波以為聲音是她想像出來的。

遠處，大地核心應該結凍了吧？

大地核心永遠不會結凍。有時候很安靜，但永遠不會寂靜無聲。

大地再次呢喃，艾波內心深處的某個東西融解了，低語回應。

不只是一聲低語。

而是一聲低吼。

足以讓她瞬間用力睜開雙眼，眨掉睫毛上的積雪，撥開臉上的雪泥。

賀妲錯了，她不只是個孩子，她不只是個女孩。她的一半是熊，為了做對的事，她會奮戰到底。即使再也看不到熊熊，她也要為熊熊而戰。

她會奮戰到最後一口氣。

她會奮戰到底。

接著，艾波張開嘴，發出熊吼。

她為了離開熊島以後發生的一切而吼。她為了沒發生的一切而吼。她為了逐漸升高的氣溫而吼。為了熾熱的夏季，為了逐步升高的海平面，為了所有正在死去的動物。最重要的，為了行動依然不夠快速的人們。

她也為自己熊吼。如果不帶著一點痛苦，不帶著挫折，不帶著憤怒，哪裡算得上是熊吼？

隨著那聲熊吼，艾波勉強站起。

彷彿意識到艾波的怒火，狗群也站了起來。

艾波想起別的事。賀妲不是說過，負責帶路的其實是雪橇犬？知道每間小屋所在地點的就是雪橇犬。即使蒙住眼睛，雪橇犬也能找得到路。

艾波全心全意放聲呼喊。她有任務要忙。

「**出發！**」

CHAPTER

19

捕獸者小屋

Trapper's Cabin

各種翠綠和青藍掃過天空，就像最令人驚嘆的煙火。

Emerald greens and blues swept across the sky like the most astonishing fireworks.

讓雪橇犬帶路是個賭注，因為艾波根本不知道牠們要往哪裡。她覺得好冷，全身以自動模式運轉。現在改變主意已經太遲。她必須信任這些哈士奇。面對這場暴風雪，她的衣物相當單薄，但她還是很感激有這雙刷毛襯裡的彩虹雪靴，以及厚厚的禦寒外套。即便如此，她還是得卯盡所有力氣才能支撐下去。

這不是趟以時間測量的旅程。

而是以求生這種單純的目的來衡量的旅程。

天色開始漸暗，狗群放慢速度，停下。雪依然下得猛烈，起初艾波什麼也沒看見，不禁恐慌起來。她抹了抹護目鏡，勉強能看出捕獸者小屋破爛的輪廓。那間小屋舊到像被廢棄，但還是可以遮風避雨。

安全了。

艾波抓起包包，從雪橇滑下，向狗群喃喃道謝。她跨出一步，腳立刻陷入雪裡，她花了所有的力氣才把腳拉出。她垂頭，再跨一步，然後再一步。她的雙腿又凍又重。索性像北極熊那樣手腳著地，以這種方式爬完最後幾公尺，用手套將門前積雪剷開。狂風頻頻劈打她的臉。

她終於進到室內。

裡面很陰暗，瀰漫著木頭、煙霧、煤油的氣味。角落裡有個破木板組成的床鋪，還有一個破舊的古老火爐，以及一整牆生鏽的工具和烹煮器皿。艾波只想躺下來睡個覺。可是她知道不可以。這裡冷到不能睡覺。即使關上了門，風聲依然對著小屋瘋狂呼嘯，她擔心屋頂會被吹走。

首先，她必須檢查狗群是不是都沒事，然後餵牠們吃東西。她輪流擁抱每一隻，將特別的擁抱留給銀色毛髮的費尼根，就是帶她到安全地方的領頭哈士奇。完成之後，她必須取暖，脫下那套濕掉的雪衣，換上乾燥的衣物。感謝老天，至少她的包包還在身邊。

溫度計顯示目前零下二十度。發現火爐早已填滿燃料，旁邊地上放了一盒火柴，艾波大大鬆了一口氣。她用凍麻顫抖的手指，擦亮一根火柴。在那個恐怖的瞬間，她以為火爐無法點燃。

「拜託快點，噢**拜託**。」她喃喃，逐漸啜泣起來。

呼咻，火焰順利燃起。

爐火燒得很旺，艾波連走到床邊的力氣都沒有。她只是把睡袋放在硬梆梆的地板上，然後在裡頭蜷起身子。

整個晚上，暴風雪狂擊肆虐，全世界都不停扭動翻轉。牆壁上各種鍋子喀啦啦、哐噹噹，頻頻發出怪響。最後，噪音彼此難以區分，彷彿地球張開嘴巴，發出巨大氣憤的吼叫，表達失望和暴怒。

有什麼改變了。艾波坐起來，心跳飛快，口乾舌燥。不知怎的，她還是睡著了。現在呢？既沒有吼聲，也沒有雷聲或轟隆響。一片死寂。沒有暴雪、沒有強風、沒有生命。只有遼闊肅穆的靜寂，她的身體裡有種恐慌感。

最後，她為了非常實際的目的而不得不離開睡袋。她又冷又餓。爐火已經熄滅，她往裡頭加添柴火，吃剩下的起司和裸麥麵包，加上自己留下的那份巧克力，以及幾顆花生。

當身體溫暖起來，艾波覺得腦袋也轉了起來。托爾一定不會有事吧？托爾身邊有緊急用品包，一定能讓賀妲和爸爸知道他的所在位置。不只如此，賀妲也會察覺他們把另一架雪橇拋在後頭，回頭找托爾。希望他們團聚在一起、平安無事。

可是**她**怎麼辦？

他們能夠找到她嗎？而她能不能夠找到他們呢？爸爸一定擔心死了。噢，爸爸！艾波肚子翻攪。關於瑪莉亞，她那些話並不是真心的，不是內心深處的話。

艾波無意間做出她發誓不會再做的事。她消失了。再一次。這次她身邊有雪橇犬陪著。

就在那時，艾波才意識到，從昨晚以來，她沒再聽到狗群的吠叫。

「糟了！」

走出小屋，說來簡單做來難。一打開門，眼前就是一堵和她一樣高的紮實雪牆，她花了好幾分鐘才挖出通道。

她馬上明白。

狗群已經離開。

她之前太累太冷，沒把牠們拴好。

「費尼根？」艾波絕望呼喊，「波？可可？」

艾波真的落單了。

站在門口，眼前的景象讓艾波分神到不再害怕。前方開展的是一個嶄新世界。小屋旁是一個表面覆冰的峽灣，閃閃發光。昨天那條山谷冰河已不見蹤影。她的背後矗立著一座白雪皚皚的山，她的前方一片無盡蔓延，直到消失於虛無白雪。空蕩、廣袤，如此純粹，

艾波覺得自己彷彿踏進一張照片。

而讓她一時屏息的是天際。

各種翠綠和青藍掃過天空，就像最令人驚嘆的煙火。色彩像巨掌，從穹蒼往下延伸，碰觸大地之後旋轉開來，往四方扭動，猶如舞動的剪影。

是極光。

Aurora borealis

是艾波見過最美麗

的奇景。自己彷彿離開地球，在佈滿繽紛色彩的夢幻國度裡被喚醒，這個世界她未曾知曉。

聲音！她沒想過極光會發出樂音。這樣的天空會唱歌也相當應景。聲音就像在她的靈魂上撥弦。

艾波打了哆嗦，真相不是如此。

不是天空。

天空不會說話。

只有一個會發出**那樣的**聲音。

遠處，從地平線大步向她奔來。牠終於出現了。

「**熊熊！**」

CHAPTER

20

熊熊

Bear

直直望進眼底。

Straight in the eye.

這一次絕對沒錯。

熊熊站在遠處，鼻子在靜止的空氣裡抽動抖顫。艾波壓下大聲吸氣的聲音。是熊熊，真的是**牠**沒錯。彷彿是要證明，熊熊後腿站了起來，朝天空仰立，有如意氣風發的白色駿馬。光線從天空往下灑落在牠的毛髮，牠渾身閃閃發亮、光彩奪目。

艾波為了穩住心跳，一手抵住胸口。「**熊熊？**」

熊熊四肢緩緩著地，腦袋一偏，環顧四周，耳朵豎起，警覺，彷彿想要掌握目前狀況。

「是**我**。」艾波低語：「是艾波。」

也許熊熊不認得她了。艾波嚥下卡在喉嚨的失望。她改變不多，只是比之前高了一點，臉龐削瘦了些，頭髮更凌亂。也許北極研究院的文森說的沒錯。希望野生北極熊記得她，是要求太多了。

「熊熊？」艾波再次低語。

熊熊再次東張西望，從冰冽峽灣望向無止盡的北極凍原，在閃亮天際的重壓底下，凍原發出裂響和嘆息。熊熊的視線掃了一整圈，停在艾波身上。在一個無盡的瞬間，熊和女孩望見彼此。

艾波屏住呼吸。

她的神經末梢嗡嗡作響，喉嚨感覺堵堵的，手指緊握成拳頭。紛雜的情緒竄過全身，讓她覺得暈眩。她在寒冷的晨間空氣裡打顫，焦慮咬著嘴唇。熊熊的鼻子又抽動了一次，垂頭，然後再抬起頭，看著艾波。

直直望進眼底。

熊熊試探地往前跨出一步，同時間，艾波也往前走一步。艾波只聽得見靴子在雪地上踩出的輕柔聲響，還有她的心臟抵住胸口瘋狂跳動的聲音。

艾波又跨出一步。

熊熊也是。

艾波現在可以聞到牠的氣味，野性、麝香，比以前更狂野，是讓艾波想家的味道，帶來慰藉。

再跨一步。

現在他們相隔只剩幾公尺，艾波可以看到熊熊的深巧克力色眼眸，以穩定而溫柔的目光定定看著她。就在那時，艾波的嘴唇顫抖。一模一樣的眼睛，充滿信任、愛，以及什麼。是艾波很久很久都沒看到的什麼。

「熊熊？」

艾波又跨出一步，更快、更急。遠處冰河發出喀啦響和哀鳴聲。狗群狂吠，還有正在尋找她的人們。在那一刻，那些都無所謂。最重要的就在她眼前。

熊熊跨出一步。

再一步。

每一步都比上一步更大，也更大膽。

每一步都更快更急。

他們終於面對面。

絢爛燦亮的綠色極光，從熊熊的毛髮上反射，彷彿從牠身上向外發散。艾波雙手捂住嘴巴。

「噢，天啊。」艾波喃喃，「真的是你。」

如同有人用梳子耙過她的背，或是伸手撥動她的每次心跳，甚至用一千個太陽的光輝照耀著她。

感覺如此燦爛、如此明亮、如此純粹，艾波覺得自己靈魂最深處有什麼隨之改變。之前被扯成千片萬片的，已經補綴回原本完整的樣子。

她覺得自己完整了。

不是因為其他人而覺得完整，而是因為宇宙的軸心校正了角度。現在，一切都是原本該有的樣子。

熊熊比艾波腦海中記得的更光彩奪目。比她凝視無數次的那張照片還要鮮明美麗，比她擁有的所有回憶還要雄偉壯麗。

熊熊真真切切，確確實實，活著。

就在這裡。

CHAPTER

21

再次相聚

Together Again

你找到我了，也許是我們找到了彼此。

You found me. Or maybe we found each other.

艾波動也不動，就像雕像。她現在這麼靠近，伸出手就可以碰到熊熊。但她並沒有。不是因為她**不想**，而是因為害怕。

不是怕熊熊傷害她。

艾波心裡不曾懷疑過。

而是害怕這一刻。

他們之間只剩下一公尺，以及相隔十七個月的時間。在那段時間裡，發生過許多事。她已經不是以前那個艾波；看著熊熊，艾波明白，牠已經不是以前那個熊熊。

牠身體後側有個擦傷，毛髮卡著一些乾涸的血漬。

「那一定是你受傷的地方。」艾波喃喃，再一次憑本能想要碰碰牠，但不敢輕舉妄動。「至少看起來不嚴重。」

一種如釋重負的感覺湧上來。再也看不到熊熊的那種恐懼感，從她初次聽說槍擊就放在心上的那種恐懼感，終於化解，穿過雙腳，融入雪地裡消失不見。

除了身上那個痕跡，熊熊左肩也有一道疤，是原本沒有的。那道疤不大，卻凸顯了他們分隔兩地的時光。熊熊看起來似乎比之前更大，如果可能的話。不見得是因為體格，而是牠的舉止、神態，牠的胸膛似乎更寬闊。牠把頭抬得更高，胸口更鮮明，下巴的模樣更有自信。

「你現在已經是成年公熊了，對吧？熊熊？」

不知怎的，艾波哭了。

不是吵雜高聲的啜泣，因為它們不屬於美麗的北極；而是不請自來的安靜淚滴，來自某個百感交集的人兒，這是唯一能夠抒發那些感受的方法。

艾波把雙手捂在臉上，主動接觸的是熊熊。

熊熊往前探頭，動作非常輕柔。艾波起初沒注意，直到感覺熊熊的鬍鬚拂過臉頰，艾波嘻嘻笑著作為回應。

「好癢！」

不過，艾波還是不敢輕舉妄動，連一根肌肉都不敢動，雖然天氣如此冷冽，凍得她手指發疼、雙腳抽痛。艾波紋風不動站著，地球下方深處似乎也安靜下來，仔細關注地上的景象。接著，一吋又一吋，熊熊慢慢將頭往前探，最後輕柔無比地將下巴靠在艾波肩膀上。

「噢！」艾波呼出一大口氣。

那一刻，分隔兩地的那段時光，頓時往內兩相折疊，直到化為無形。

「噢！」艾波突然伸出手臂，摟住熊熊的脖子，牢牢攀住不放。緊到她以為自己可能再也無法呼吸。她能不能再呼吸，根本無所謂。即使她將整個宇宙吞進自己的靈魂，也不會發出比現在更燦爛的光芒。她用盡一切，緊緊攀住不放。這一次，她知道自己永遠不會再放手。

艾波不確定他們維持那樣的姿勢多久。也許只有幾分鐘，也許永永遠遠，也許比永遠還久。久到讓艾波足以想起鼻子深深埋在北極熊的毛髮裡，呼吸起來有多困難。艾波猛咳，最後鬆開手臂——儘管只鬆開了一點點——然後仰起頭來。

「我想念你。」艾波沙啞地低語，「我好想，好想你。」

熊熊將艾波的眼淚一滴一滴從臉上舔掉，艾波靈魂裡的傷也跟著消散。艾波領悟到，雖然熊熊身上可能多了幾道疤，他們都長大了些，但他們之間沒有什麼真的改變。有些羈絆是永遠都不會變的，不真的會，不管相隔有多遙遠。

艾波往後拉開身體，用手帕擤擤鼻子。她可不希望熊熊沾到她的鼻涕。那樣不合理。手帕收回口袋裡之後，艾波重新將臉頰貼在熊熊臉頰上。

接著，艾波發出深深的嘆息。嘆息由快樂的事物所組成——像是棉花糖、陽光和床邊故事。他們維持臉貼臉的姿勢，感覺這是眼前廣闊的宇宙裡，最完美也最自然的事。

就是這樣沒錯。

「我剛回去的時候，好想念你。你知道吧？」艾波低語，「我沒想過我會這麼想念。」

艾波的臉龐抵著熊熊的毛，可以聽見熊熊的心跳聲——像時鐘那樣，令人安心的悶響。這是艾波第一百次真心希望熊熊可以開口回答。艾波知道熊熊不說話也無所謂。熊熊在沉默之中，反而給了艾波更多。熊熊給了艾波純粹做自己的機會。

「你……你有沒有想念我？熊熊？」

熊熊沒回答，但牠也不需要說話。熊熊往後退，移動腦袋，現在他們面對面。熊熊端詳著艾波，不是匆匆而逝的一眼，而是深深的認可。那種目光涵蓋了世界的每個節拍，以及更多更多——某種不曾掩飾，狂野而純粹的什麼。是每個人一生值得至少接收過一次的凝視。

「你找到我了，也許是我們找到了彼此。不過重點是，你在這裡，我想得沒錯。」艾波咧嘴笑。不是勝利的傲慢笑容——那不符合她的風格。而是喜悅和快樂的笑容。有感染力的笑容。

「我們又在一起了。」如果艾波沒誤會，熊熊似乎也在笑，雖然很難分辨，熊熊可能只是餓了。

「噢！」艾波驚呼，「我帶了東西給你。」

艾波從熊熊身邊走開，打開背包，撈撈找找。到哪裡去了？艾波將幾件衣物拋出來，最後終於在底部發現她在找的東西。一罐花生醬。

「給你的。」

艾波將罐子扭開，放在他們之間的地上。熊熊偏好這種吃法——不是從艾波手上（那樣也比較安全，免得不小心被咬掉一根手指）。要是她之前沒吃光燕麥餅乾該有多好。無所謂。

艾波等著熊熊一口氣吃光。

接著，她等了又等。

然後再多等一下。雖然熊熊盯著罐子，但是沒有動作。

「你不想要嗎？」

熊熊舔了舔嘴唇。牠顯然餓了。可是為什麼不吃呢？

「你該不會吃膩了吧？」艾波鼻子一皺，「是脆脆的，有顆粒的那種。你知道的——你最愛的。」

艾波用腳將罐子往熊熊那邊推，雖然熊熊抽動耳朵，再次舔舔嘴唇，但還是沒有動靜。艾波可以在空氣裡聞到花生醬的味道——甜甜的，堅果香，很誘人。不管艾波在熊熊面前怎麼揮動罐子，熊熊都不肯吃。

CHAPTER

22

一起前進

Bear Ride

你想帶我去某個地方。

You want to take me somewhere.

「怎麼了？熊熊？怎麼回事？」

熊熊轉過頭，不再面對艾波，而是望向後方——回頭看著牠當初出現的地方。接著，牠發出低吼，不是兇狠的低吼——比較像是艾波沒先留意路況，直接穿越馬路時爸爸會發出的聲音。出於保護的吼聲。艾波試著越過熊熊的肩膀望去，但看不到不尋常的東西。

「**熊熊**？」艾波試探地問。

現在熊熊已經完全轉過去，再次發出低吼。雖然艾波知道熊熊永遠不會傷害她，但還是顫抖起來。極光已經不再閃爍，現在一切看來更加寒冷、更令人生畏。

「怎麼了？熊熊？有什麼事嗎？」

熊熊放聲大吼。

艾波在他們分開期間，聽過很多次熊熊的大吼，但那些聲音都在想像之中。有時候，艾波在自己格外需要勇氣的時候——比方說上台演說，上學第一天，或甚至跟某個不相信氣候變遷的人對峙時——會想像熊熊放聲大吼的模樣。可是，那些都不是**真正的**熊吼，而是假想的。

與再次聽到熊熊的熊吼完全不同。就像把浴室水龍頭拿來和奔騰的亞馬遜河相比。

那聲熊吼掃過了整片凍原，填滿了每個縫隙、裂口和細孔。艾波一直認為，等她再次見到熊熊，他們會站在一起發出熊吼，直到喉嚨沙啞、心窩飽滿。但她察覺，這並不是打招呼的那種熊吼。

「熊熊，怎麼了？」艾波再次追問，「出了什麼事？」

熊熊懇求地望著艾波。艾波知道那個表情。在熊島，熊熊想帶艾波去看牠的洞穴那一天，也露出同樣的神情。熊熊在雪地蹲伏，抽動耳朵。

「你要我爬上你的背，對吧？」艾波說，「你想帶我去某個地方。」

熊熊眨眨眼，但並未站起。

艾波揪著嘴唇，她不知道熊熊到底想帶她到哪裡，也不知道會到多遠。既然暴風雪已經過去，爸、托爾、賀妲一定在找她。明智的作法就是待在原地。木屋可以遮風避雨——而且裡頭有火爐和備用的薪柴。

是的，這樣做才是對的。

熊熊用黑鼻輕推艾波的小腿，艾波沒回應，熊熊又推一次，這次更堅持。

「熊熊？」艾波嘸嘸口水，「可是……我不知道你想帶我去哪裡，我不知道應不應該離開這裡……」

面對熊熊心急如焚的表情，艾波越說越小聲。儘管種種顧慮，艾波很清楚自己必須怎麼做。

艾波衝回小屋，從背包裡抽出日記。她撕下空白一頁，快筆寫了張紙條，讓爸爸知道她很安全，跟熊熊在一起。

艾波也花了幾分鐘時間把整個地方打理整齊，將物品打包，包括那罐花生醬、吃了半包的花生，以及剩下的巧克力塊。小屋裡沒有其他的食物可以隨身帶走，而她也只能帶她背包裡的東西。不過，她把火柴和一把刀子收進背包，暗暗承諾事後歸還。

艾波匆匆瞥了小屋，以及小屋的舒適安全最後一眼，然後關上門。到了屋外，艾波發現熊熊蹲坐等待著她。熊熊看到艾波走近的時候，雙眼一亮。

「對，我還在。」艾波說，揉揉熊熊的鼻子。

艾波已經很久沒爬過熊熊的背。可是當艾波往下陷入熊熊柔軟的毛髮，雙腿繞住熊熊的肚皮，感覺就像是假期結束後爬回自己的床鋪。艾波發出滿足的小小嘆息，雖然她稍微長高了點，熊熊的身型也寬闊了些，但他們依然一拍即合。

「我準備好了。」艾波說，輕拍熊熊的脖子側面。

熊熊緩緩跨出幾步，彷彿在意艾波可能會忘了如何抓牢。不久之後，熊熊便加快腳步，遠離小屋，直接越過寬闊平坦的北極凍原，朝白茫茫的地平線前進。艾波有熊熊幫她保持溫暖，她往前貼牢熊熊的背，順著風向，調好姿勢，抓住熊熊脖子上的幾簇毛髮。

就像這樣，他們奔跑起來。

他們跑過凍結的峽灣，越過覆冰的平原，穿過光禿荒蕪的地景，很難相信會有生物可以在這裡存活。沿路經過參差升起的冰凍海景，穿過乾冷純粹、杳無人跡的雪地。雖然前後一片空曠寧靜，艾波不知道爸爸、賀妲、托爾的去向，但不知怎的，她並不在意。

回到斯瓦巴之後，艾波頭一次覺得內在有什麼逐漸鬆開。不只是拋開文明的最後殘跡，也是將自己的某一部份拋到腦後。拋開自好幾個月以前，從熊島回家以來，她就揣在心裡的什麼。

艾波感到生命的激動。

就是在遊樂場、在聖誕節、在假期第一天那種活著的感覺，讓你同時想要尖叫、吶喊、大笑。

感受如此強烈，她朝天空仰起臉，笑了出來。來自靈魂

深處的暢懷大笑，釋放喜悅。艾波打了一陣子嗝，然後用胳膊摟住熊熊的脖子。

「我回到家了，熊熊。」艾波大喊，「**我回家了！**」

雖然熊熊不可能聽得懂，但牠往前跳穿空氣的模樣彷彿在慶祝，艾波又發出另一聲大笑，嚥進一口甜美珍貴的北極空氣。不知道為什麼，與一般空氣的滋味不同——更活潑、更強大，也更刺激。

他們繼續往前奔馳。

他們經過兩隻北極狐，淒

涼啄著地面的白色雷鳥，被他們的動作驅散。他們跑過一小群馴鹿——鹿兒好奇看著他們，再低頭吃藏在雪地裡的荊豆叢。有一瞬間，艾波希望他們停下腳步。她從沒親眼看過馴鹿，沒在野地裡看過。可是熊熊繼續往前奔跑，直到艾波聽到牠喘著氣，大聲呼吸。現在，艾波的手指和腳趾因為寒意而刺癢。

感覺像是過了幾個小時，熊熊終於在參差不齊的山峰陰影裡，停了下來。

熊熊蹲伏，艾波滑下，身體僵硬痠疼，但滿心歡喜。

他們就在海岸線的邊緣，在世界的這一端，不會有浪濤拍擊海灘。這裡的海如此平靜，藏在厚厚的冰層底下。在好幾個地方，艾波可以看到冰結合的痕跡——彼此相連的冰帽，整體狀似拼圖。就是這種凍冰，讓北極熊可以漫遊得如此遙遠、如此自由，在冰洞捕獵海豹，在悠長的夏季裡餵飽自己。

儘管海面的景象令人稱奇，但抓住艾波注意力的是別的東西。

聳立在他們眼前的巨大冰河。一座藍色的屏障，散發水晶般的光芒。起初是一大堆落雪，經過幾世紀，變得越來越紮實，最後成為一堵移動中的實心冰牆。艾波想起爸爸說過，它們是有生命、會呼吸的東西——帶你接近自然的核心。

刻進冰河中心有一個冰洞。艾波往裡頭窺看，有種盯著北極子宮的奇特感受。

一個V型入口。

籠罩在陰影裡，相當隱密。

熊熊走了過去，在洞穴外暫停，轉過來面向艾波。熊熊的頭偏向一邊，給艾波一個表情。是個不可能錯誤解讀的表情。

艾波嚥下口水，在靜止鋒利的空氣裡，原本的振奮感消散不見。

「你想要我進去？」

CHAPTER

23

冰洞

The Ice Cave

但艾波知道牠不是在睡覺。

But April knew it was not asleep.

打從艾波摔入巴倫支海的昏暗深處、險些溺水以後，就一直害怕陰暗的地方。那個洞穴看起來非常幽暗——

那種黑暗彷彿可以將人完全吞噬，再吐出他們的影子。

艾波又嚥了一次口水。

熊熊在艾波旁邊用腳掌拍擊雪地。即使不用言語，也看得出熊熊希望艾波跟著牠走進洞穴。熊熊用手推推艾波的肩膀，想確定艾波明白牠的意思。

「沒關係，熊熊。」艾波嚥嚥口水，「我……我只是需要再一下。」

艾波並不懷疑熊熊，她是願意將生命託付給熊熊的。

艾波只是不確定自己**想不想要**知道洞裡有什麼。熊熊耳朵貼平，鼻子顫抖，神情裡有種之前沒有的惴惴不安。這讓艾波的背脊竄過冷顫。

「這就是你帶我來這裡的原因嗎？熊熊？」艾波將身上的外套拉得更緊。現在的她不在熊熊背上，空氣冷冽刺骨，直接滲入她的衣物。艾波伸手搭在熊熊身上取暖。「我準備好了。」

洞穴入口有熊的足跡，沒有人的。艾波深吸一口氣，然後走了進去。

艾波的眼睛花了幾分鐘才適應。她曾經走進海邊的洞穴，當時陰暗潮濕，她匆匆快步走出來。這次她很驚訝，冰河裡頭並不陰暗，頭頂上清澈藍色的拱形冰川，看起來像是水晶，四周穴壁閃閃發亮。

「真美。」艾波喃喃低語，內心有一部份想停下腳步好好欣賞，但是她的背可以感覺得到熊熊的呼吸，催促她往前。

洞穴越來越深，灑入的光線漸漸消逝，藍色色調變得更加柔和，溫度更往下降。艾波踉蹌一下，等她站直的時候，熊熊已經暫停動作，如此靜止無聲，說牠是一座雕像也不為過。

「怎麼了？」艾波低語，某種冰冷濕黏的什麼，順著她的背脊淌下。

洞穴開始變窄，熊熊將鼻子指向滿是陰影的幽暗盡頭。艾波猶豫起來，她不大想要走進。

為了得到勇氣，艾波將手搭在熊熊肩上。往前跨出一步，眼睛逐漸適應那片漆黑黝暗。

艾波可以看到什麼躺在盡頭的地面上。

艾波的內心深處早已知道那是什麼。她的靈魂深處早已明白。可是，她還是再跨出一步。不是因為她想要，而是因為這樣做是對的。因為那是熊熊希望她做的。

在暗藍色洞穴深處，冰河嘎吱、呻吟、低語，一頭北極熊倒在那裡。牠閉著雙眼，看起來彷彿在睡夢中。

但艾波知道牠不是在睡覺。

那頭熊削瘦枯槁，每根肋骨都很鮮明，長短不一的骨骼從臀部突出，恍如刀刃。艾波看過死亡。路邊的貓、老家後院的老獾，以及爸爸臉上悲慟的痛苦神情。

可是，她沒有看過這樣的死亡。

艾波試著找話說，但只有情緒湧現。嘶啞的叫聲。哀鳴。啜泣。輕薄易碎的什麼。

艾波轉向熊熊。

熊熊垂頭站著，耳朵往下。在洞穴的藍光下，熊熊的雙眼呆滯無神。最可憐的是，熊熊往前跨出一步，用鼻子輕推另一頭熊，彷彿想用意志力要牠醒來。

「牠是你的伴侶，對吧？」艾波低語，「噢，熊熊！好遺憾，真的好遺憾。」

艾波再也受不了，手臂用力摟住熊熊，緊緊抱住牠。不是因為這會有任何改變，她從母親過世的經驗得知，世上沒有什麼可以改變死亡。她之所以這麼做，是因為想讓熊熊知道她在乎。想讓熊熊知道她會好好陪牠。有時候那是你唯一需要聽到的事情。

起初，熊熊動也沒動。冰在四周劈啪作響，艾波擔心自己做錯了。也許熊熊寧可獨自面對悲慟——就像爸爸那樣。可是，艾波感覺得到熊熊的鬍鬚搔著她的脖子側面，緩緩把頭靠在艾波肩膀上。艾波舉起手臂，摟住熊熊，將牠扣得緊緊的。

以那種方式，艾波帶走了熊熊的一些痛苦。

雖然熊熊的腦袋越來越重，但艾波還是沒有放手，而是用最輕柔的語氣對熊熊說話。「很高興你找到伴，熊熊，尤其你之前在島上孤伶伶過了那麼久——我就是希望你有個伴。結果變得這樣，我好遺憾。我真希望可以為了你讓她活過來。如果可以，我願意努力上千次。」

她無法確定這頭熊是怎麼死的，有可能是因為生病，但她知道並不是。

「她是不是餓死的？」艾波抽開身子，好好看著熊熊。

熊熊沒有回答，艾波可以感覺真相流過她的骨骼，就像融化的冰雪曾經流過這條冰河，創造了他們現在站立其中的洞穴。

「噢，熊熊。」

艾波不曾像這一刻那樣覺得自己如此沒用。地球的溫度之所以上升，就是人類的錯。對一般人來說，海冰融化聽起來可能不怎麼重要。可是，對仰賴海冰存活的動物來說——這是一切。艾波想要憤怒地大叫、吶喊、跺腳。

同時，艾波心頭有揮之不去的什麼。這就是熊熊將艾波召喚回斯瓦巴的原因嗎？這說不通。儘管這件事很悲傷、很迫切，但艾波知道公熊不會陪在伴侶身邊——跟人類不同。不是因為牠們不在乎，而是野生動物的習性，尤其是北極熊。對北極熊來說，找到伴侶是為了確保族群繁衍，跟愛情，或跟人類所有的多愁善感一點關係也沒有。所以，熊熊到底希望艾波做什麼呢？

艾波絞盡腦汁的時候，熊熊發出低吼。

那個聲音令人吃驚，艾波嚇得跳了起來。

「熊熊？」就艾波記憶所及，熊熊**從來不曾**對她低吼過。熊熊在生她的氣嗎？牠是不是認為這多少是她的錯？以某種方式來說，她覺得是。

「對……對不起。對不起，事情改變得不夠快。」艾波知道一句抱歉永遠不夠。可是熊熊看起來不是在生氣。事實上，熊熊甚至沒有往她的方向看。熊熊用一掌踩出試探性的一步，直直站在另一頭北極熊的前方，彎著頭，耳朵抽動。

艾波好奇看著熊熊。

熊熊停止低吼，發出聲音。艾波不曾聽過熊熊發出這種聲音。既不是哨叫，也不是熊吼，不是悶哼，更不是打嗝。是一聲嘆息。只能用這種方式形容。是媽媽對新生兒發出的嘆息。表達愛、表達驚嘆，表達敬畏的嘆息。

艾波瞪大了雙眼。

「熊熊？」

熊熊回頭瞥艾波一眼，在洞穴的光線下，熊熊的雙眼幾乎是藍色的——帶著閃耀的虹彩而發光。

接著，熊熊慢慢跨到旁邊。

那裡，在視線之外的洞穴深處，四腳著地，搖搖晃晃走出來的，是一隻小小的北極熊寶寶。

CHAPTER

24

小熊

The Cub

所以你喜歡花生醬嘍？

So you like peanut butter, do you?

「噢，天啊！」艾波倒抽一口氣。「噢，熊熊！」

寶寶的體型跟小狗差不多大，毛髮朝四面八方突出，是最燦亮、最潔淨的白。是公的還是母的，艾波無法分辨，熊寶寶的口鼻四周沾滿點點雪花，深棕色圓眼發出淘氣的閃光。牠的臉龐布滿柔軟的細毛，臉比熊熊的還圓。牠絕對是艾波見過最甜

美的東西。

「欸，哈囉，小不點。」艾波柔聲說。

艾波蹲下，保持安全距離。野生動物通常格外保護自己的幼獸，如果你隨便接近，有可能會太危險。即使那頭野生動物是熊熊，艾波依然必須極度謹慎。熊熊似乎不在意她靠近——也許因為熊熊對艾波的信任很深。儘管如此，艾波還是盡可能保持不動、維持平靜。

經過幾分鐘耐心等待，熊寶寶很好奇，從角落裡冒出，探詢嗅聞空氣。現在，寶寶在熊熊的腿間鑽進鑽出，玩著躲貓貓的遊戲，偶爾探頭瞧瞧艾波是不是還在看。艾波嘻嘻笑。就像所有稚嫩的生命，這隻熊寶寶滿溢著純粹的喜悅。

艾波再次哈哈笑，小熊被艾波的笑聲所吸引，深棕色圓眼看了艾波一眼。寶寶踩著不穩的步伐，左搖右晃走近，最後只在咫尺。湊近，艾波可以看到小熊的毛髮有多白，就像棉花糖。小熊開始在艾波放在地面的背包四周，嗅來嗅去。

「**這**就是你想要的嗎？你餓了嗎？」

原來！這就是熊熊不吃的原因，牠要留給孩子。

艾波扭開花生醬蓋子，放在他們之間的雪地上。

「你會喜歡的。」艾波說，「這是我跟熊熊最喜歡的食物。」

小熊先看看熊熊，再看看艾波，然後望向罐子，再回頭看熊熊一眼後，蹣跚走到罐子那裡，嗅了幾次，最後把鼻子塞了進去。

「不要卡住了！」艾波噗嗤笑著，小熊把自己拔出來，花生醬卡在牠的鼻子和

鬍鬚上。熊熊往下湊近，把花生醬舔掉，就像爸爸會做的那樣。

熊熊有了寶寶？

過去一年，艾波針對北極熊做過不少研究。她學到的其中一個就是，小熊出生後的前兩年會在母熊身邊生活，頭三個月喝母奶為生。公熊大多獨來獨往，交配之後，很少會跟子代一起生活。熊熊還留在寶寶身邊，足以證明事情出了不少差錯。

小熊伸出粉紅舌頭，舔了舔嘴唇，看到牠似乎滿喜歡花生醬的，艾波相當開心。儘管做了一堆調查，艾波還是沒找到關於北極熊喜歡花生醬的資訊，不過據說北極熊喜歡吃甜的。現在，小熊已經吃完，睡眼惺忪，東張西望。艾波伸出手，熊寶寶踉踉蹌蹌走過來，爬進艾波懷裡，安頓了下來。

「所以你喜歡花生醬嘍？」艾波喃喃，「我就覺得你會喜歡。」

小熊鼻尖沾了一坨花生醬，艾波動作輕柔地抹去。這是公熊，艾波感覺得到，在懷裡輕得令人驚訝。艾波用手指溫柔扒過寶寶的毛，牠很瘦，太瘦了。

艾波打了個哆嗦，雞皮疙瘩竄過手臂。

媽媽現在死了，熊熊要怎麼餵孩子吃東西？

「那就是你到港口的原因嗎？那就是你呼喚我的原因？你希望我救救你的寶寶？」

熊熊張嘴，發出熊吼。

CHAPTER

25

決定

A Decision

有時候「在乎」是最棒的事。

And sometimes caring is the best thing of all.

艾波往下望著睡夢中的熊寶寶。

在艾波懷裡，小熊暖烘烘、給人安慰。可是同時，艾波感到責任的重量。就像任何年幼的動物，小熊無比脆弱；為了生存，必須定時進食，最好是喝母奶。但這點顯然不可能。

這跟之前拯救熊熊不一樣。如果艾波把熊熊留在熊島，熊熊可能不會快樂，但可能會活下去。這次不同。

除非替熊寶寶找到食物，不然牠必死無疑。

艾波不可能讓這種事情發生。

她有什麼選擇呢？

他們可以回到昨晚那間搖搖欲墜的捕獸者小屋，可是那裡不只沒有吃的，艾波也不知道該怎麼回去。當初引導她過去的是雪橇犬，而不是熊熊。

另一個選擇是帶小熊到朗伊爾城，可是艾波不知道自己目前在哪，也無法估算與那座城鎮相距多遠——雖然她有種害怕的感覺，他們往北走了很遠。小熊可能沒辦法那麼久不進食，而且帶熊熊前往任何型態的屯墾區，都會引發極大危機。上一次熊熊自己到那裡，就有人對牠開槍。艾波不可能冒險讓那種狀況再發生一次。

這樣，還剩下什麼選擇？

別的地方肯定還有小屋——其他捕獸者小屋——要怎樣才找得到？他們不可能漫無目的，四處遊蕩。況且，剛剛才下完雪，很多小屋可能都被隱沒，除非你原本就知道往哪裡找。即使她真的找到一間，也不保證裡面會存放食糧。

不，一定有更好的作法。

艾波深吸幾口氣，先讓自己平靜下來。恐慌是沒有用的。

動動腦啊，艾波，**動動腦**。

艾波絞盡腦汁，腦中最遠的角落裡亮起了小小的火焰。是賀妲說過的話。在第二天的午餐，賀妲跟爸爸聊起以前住在斯瓦巴的礦工。艾波當時關上了耳朵，因為她很難理解，怎麼會有人要摧殘這片美麗的風景。賀妲當時說了什麼？

當然了！

賀妲當時說到各種廢棄的屯墾區。在其中一區，有些礦工跟家人突然離開，將衣物和補給品都拋下。這樣想，廚房裡肯定會留下食物吧？礦場是兩年前才關閉的。

「我在想……」

艾波盡量不要吵醒小熊，伸手到背包裡拿斯瓦巴地圖。她用手指掃過那張紙，最後終於——就在那裡！科爾斯灣。她想起這個地名，因為諷刺的正是他們在那裡採煤礦[1]。

那裡有多遠呢？實在很難估算。艾波不知道自己在哪，即使知道，斯瓦巴整片地貌都相似得嚇人。

不過，艾波推估他們一定還在東岸，因為一直靠近海岸線。艾波用手指來回掃過地圖右側。要是可以找到他們抵達洞穴以前，她曾瞥見的那座，形狀像牙齒一樣參差不齊的山。光線缺乏讓她眼睛發疼，正準備放棄時，終於找到了。

艾波肚子一抽。

艾波不是很會解讀地圖上的比例尺，可是，即使是她也看得出這裡距離朗伊爾城很遠，跟之前猜測的一樣。謝天謝地，科爾斯灣反而比較近——就地圖看來在正西方，距離一根拇指的寬度。不過一根拇指的寬度實際上是多遠？她真的毫無概念，只好交叉手指、祈求好運。

「這是我們唯一的機會，熊熊。」艾波討厭自己的聲音顫抖著。

艾波不確定現在幾點，但感覺滿晚的。現在，她願意付出一切，就為了躺平睡上一覺。但她只是打開背包，取出幾樣物品，直到空間足夠容納小熊後，動作輕柔地將睡夢中的寶寶放入背包。接著，她讓扣帶微微鬆開，背包掛上肩膀扛起來。她保留了幾樣必需品，像是睡袋，以及她在小屋拿到的東西。她掙扎要不要保留日記，但決定塞進毛衣裡。不過，她必須將一些備用衣物留在這裡。失去她所擁有的物品是個風險，希望可以在科爾斯灣補足。

「你現在安全又溫暖。」艾波輕拍背包，「我們該走了。」

艾波永遠無法完全確定熊熊是不是懂她的意思，反正不是聽懂她講的內容。大多時候，熊熊回應的似乎是艾波說話的語調——動物一向如此。這一次，即使艾波講得很大聲，熊熊也沒有回應。牠不是朝艾波走來，而是走向倒在地面上的伴侶，吻部往下，湊向伴侶的肩膀，溫柔地蹭了蹭。

---

1 譯註：科爾斯灣原文 Coles 和英文煤炭 coal 的發音相近。

一開始，艾波不確定熊熊在做什麼。但是，她逐漸想通了。熊熊想說再見。

這是個私密的時刻，所有私密的時刻都應該得到尊重。艾波轉過身。她用力握緊雙手，向宇宙說了一些禱詞——不只是為了熊熊的伴侶，而是為了全世界**所有**倒下的北極熊和動物，尤其是被人類傷害或殺死的。禱告不能彌補，但她至少可以表示自己的在乎。有時候「在乎」是最棒的事。

艾波禱告完以後，顫抖著深吸了一口氣，用手套背面抹抹眼睛，轉頭面對熊熊的伴侶。

「我保證用盡全力救你的孩子。」

CHAPTER

26

礦坑豎井

The Mineshaft

但這裡只迴盪全然的遺棄。

Instead, the place echoed with complete and utter abandonment.

艾波無法判斷要花多久時間才能抵達科爾斯灣，可是坐在熊熊背上兩個小時之後，她開始懷疑他們的方向是否正確。沒有路標，沒有可以辨識的地景，什麼都沒有，只有雪朝四面八方延伸。

這裡完全不像熊島，在熊島，看到島嶼邊界，或是知道爸爸就在不遠處，都能讓艾波安心。這裡沒有疆界，只有冰和雪，以及綿延好幾英里的谷地、山峰和峽灣。即使指尖底下的熊熊能帶來安慰，當太陽開始下沉，艾波怎樣都無法壓抑緊張狂跳的心。

他們在一座逐漸濃重的山峰陰影中停下，艾波滑到厚厚的積雪上。艾波以熊熊的身體作為遮蔽，輕柔地將寶寶從背包裡拉出。在野地，寶寶每三小時就要吃一點東西，那雙深色圓眼哀求仰望著艾波。

「乖，小不點，」艾波小聲說，寶寶發出奇怪的哀鳴，「我知道你餓了。」

理想上，小熊需要的是媽媽的母奶，以及母奶的營養。艾波只能用最後一塊巧克力和剩下的花生醬來替代。寶寶貪婪地吃光罐子裡剩下的花生醬。

熊熊在她旁邊，豎起耳朵，艾波聽到遠處傳來低沉的哀鳴。是冰河嗎？冰川常常發出奇奇怪怪的渾厚噪音，或者是別的東西？更危險的什麼。艾波連忙攤開地圖。

「我只是需要查出我們目前在哪裡。」艾波在逐漸消逝的光線中瞇眼看著，「我……我想我們走的方向沒有錯。」

事實上，艾波**根本不**可能知道。每個白雪皚皚的山谷看起來都跟之前那個一樣。每座頂峰積雪的山頭看起來沒有兩樣。如果賀妲在這裡，可能幫得上忙。但話說回來，賀妲一定不會贊同艾波試圖拯救小熊。賀妲之前把話說得很白：她相信北極熊跟人類應該保持距離。

噪音再次響起，這一次熊熊站起，壓低嗓門發出低吼。想起之前那頭露出滿口黃牙、發出咆哮的老熊，艾波不禁打了哆嗦。是不是別頭北極熊？會不會因為感應到艾波跟寶寶而來？艾波知道對小熊來說，最大的危機不只是缺乏糧食，還有成為其他飢餓北極熊的獵物。艾波趕緊拉緊背包，確保寶寶在裡頭舒適溫暖，然後才爬回熊熊身上。

在幽暗的黃昏天空下，他們逐漸走進夜色。一個陰影滿佈、令人害怕的幽暗地方。一個可能會捉弄你心思的地方。北極就是這樣——廣闊無邊的大地和虛無，令人神經緊張。不屬於凡間的奇特噪音在空氣中彈跳，一聲特別響亮的尖鳴，艾波差點嚇得從熊熊身上摔下來。一度，他們穿過的山谷逐漸縮成死路，他們不得不沿著原路回頭。現在，艾波很確定他們迷路了，只有天空中的北極星可以給她希望。只要北極星一直在視線範圍裡，艾波就知道他們走對方向。

感覺過了好久好久，寒意都深深埋進她的肌膚，有個嚇人、不祥的輪廓出現在地平線上。他們更接近時，艾波看出那是用腐爛木頭和生鏽金屬組合而成的結構，三根參差不齊的條狀物，像尖刺指向空中。

「那是什……什麼？」艾波凍得牙齒直打顫。

那是她所見過最醜陋的東西，給她一種蜘蛛快速爬過皮膚的感受。他們走得更近，她慢慢明白那到底是什麼。

原來是礦坑豎井[2]。

過去，地表底下藏著豐富的煤層，很多人因此來到斯瓦巴。這個礦坑顯然在很久以前就關閉了，但還是有種險惡的感覺。有什麼不大對勁。

連熊熊也刻意繞過，彷彿直覺知道這是牠的敵人。不過，豎井讓艾波知道離目的地不遠。「我們辦到了，熊熊，」艾波全身竄過如釋重負的感覺，「我們辦到了。」

這裡沒有標示，但一定是科爾斯灣。廢棄礦坑再過去，有一座方形廣場，四周圍繞十到十五棟風格一致的醜陋水泥建物。這是個荒涼的地方。如果看得夠用力，艾波可以想像過去的幽影飄來飄去。她嚥一嚥口水。她不預期這裡會有生命跡象，儘管如此，還是暗地希望會有。她巴望有一棟建物亮起溫暖討喜的光，某個有見識也有智慧的善心人士出手相助，將寶寶從她的臂彎接走，告訴她該怎麼做。就像大人那樣。

但這裡只迴盪全然的遺棄。

「別在意，熊熊，」艾波盡量裝出勇敢的語氣，「我們一個個檢查房子，看看可以找到什麼。」

艾波越來越覺得來到這裡不是個好主意，熊熊往前走，艾波試著不理會這種感覺。賀妲說過，極端氣溫會影響清晰思考的能力，艾波甩了甩頭，似乎想整頓思緒。

2 譯註：豎井是從地表垂直打入採礦坑道的直立井，用來通風換氣。

每棟房子四周都堆滿雪，連打開房門都無法，得花好幾個鐘頭才能把積雪剷開。寶寶在背包裡嗚叫，介於幼貓和幼犬之間那種小小的吱啾聲。在別種情況下，這種聲音會融化艾波的心。現在只是提醒艾波，得快點找到食物。

「乖喔。」艾波喃喃，「我們快可以進去了。」

熊熊站崗把風，艾波繞著那些建物，找到最末端的一棟，那裡比較不會受到天候的衝擊。

艾波跪下，開始用指尖扒著積雪，比看起來還困難，因為已經結成紮實的冰。艾波的雙手不久就麻掉，手指感覺快折斷。

寶寶再次嗚叫，這一次更哀怨。有種可怕的聲音抓著艾波的內心。

艾波再次對雪揮打，說那是一塊水泥也不為過。她跟其他伙伴走散已經將近兩個晚上。連續兩個晚上，她都沒有好好睡覺；接連兩個晚上沒吃多少東西。她發出一聲啜泣。

她不可能辦得到，**靠自己**是沒辦法的。

「熊熊！」艾波喊道，「**熊熊！**」

熊熊花了點時間才出現，牠一臉茫然望著艾波。艾波都忘了有時熊熊要花一些時間才能明白她的意思。

「我……我……我們必須進去。」

艾波正準備扒雪示範，熊熊用肩膀撞向屋門，在牠的重壓下，整個崩塌下來。

「這樣做也是個辦法。」艾波踩過殘破的門板，對擅自闖進屋裡覺得愧疚。但是當寶寶餓得號叫時，艾波告訴自己不要傻了。這裡已經很多年沒住人，幾乎不算是個家了。況且，如果繼續待在戶外，到時喪命的不會只有小熊。

連她也難逃一死。

幸運的是，破損的大門後方是密閉的前廊，再來才通往方形房間。這裡沒有電力，黑暗中摸索幾分鐘過後，艾波找到一些蠟燭，用之前隨身攜帶的火柴點燃。在閃閃爍爍的光線中，她看出他們處於一個小小的密閉空間，裡頭瀰漫過時回憶的氣味。那裡有一張破舊的沙發，一張扶手椅，還有應該是通往臥房的一道樓梯，從門口可以看到廚房，那裡有櫥櫃和橫架。艾波先往那裡去，拉開每道櫃門和抽屜，急著找東西吃。她找到烹調器具、餐具、獵刀，甚至是開瓶器，食物早已化為烏有。

只剩一層厚厚的灰塵，散發一股令她皺鼻的氣味。

「不要緊，」艾波自言自語，主要為了自我安慰，「不用恐慌。」

可是很難不擔憂，尤其寶寶的號叫聲越來越急迫。

熊熊消失了，可能去忙跟熊有關的事，可能到處偵察，確保他們的安全。

熊熊不在，房子感覺更荒涼。艾波覺得整個星球彷彿只剩下她一人。萬一熊熊不回來怎麼辦？萬一她永遠被困在這裡怎麼辦？噢，她為什麼要來這裡?!她為什麼覺得這是個好點子？艾波氣急敗壞，踢了踢櫥櫃側邊。當她這麼做的時候，一個罐頭從底下滾出，一定是很多年前掉下去，就被留在那裡。

艾波跪下，用顫抖的手指撿起來。

「是卡士達醬。」艾波將標籤上的灰塵抹掉，「完美。」

CHAPTER

27

新的名字

A New Name

你聞到什麼了，是吧？

You can smell something, can't you?

在其他狀況下，艾波永遠不會去碰這種過期好幾年的東西。這是緊急狀況。她再次往抽屜裡撈找。開罐器在哪呢？艾波發誓她才看到。啊，在那裡。

罐頭生鏽，而開罐器鏽得更厲害，要打開並不容易。

「終於！」艾波好不容易打開罐蓋時驚呼。

她嗅了嗅，聞起來還可以。稍微凝結了，她用叉子攪拌。

也只能這樣了。

艾波溫柔地從背包拉出小熊，她這麼做的時候，寶寶的嗚叫傳遍了整間小屋。

「吃飯時間到嘍。」艾波將小熊摟在臂彎裡。

艾波試著把小熊的臉推向罐子，但小熊只是沾了一鼻子的黃色卡士達醬。看起來好呆，艾波忍不住噗嗤笑。寶寶的舌頭試探地將卡士達醬舔掉。「這就對了！你辦得到的。」

艾波用手指沾一些卡士達醬，溫柔撐開小熊的嘴，將指尖放入嘴裡。她不確定小熊喜不喜歡這個味道，因為小熊發出滑稽的聲音。可能是餓過頭了，小熊才過幾秒就開始吸吮，艾波發出鬆一口氣的嘆息。就像熊熊，小熊的舌頭摸起來平滑地令人意外。幾分鐘後，小熊踉踉蹌蹌，兜兜轉轉，輪流撞上不同的東西，最後嗅了嗅艾波的背包，用掌子扒抓。

「你聞到什麼了，是吧？」艾波說，熊寶寶用鼻子抵著背包，「裡面有什麼呢？」

小熊將腦袋探進背包，再出來的時候，那袋吃了一半的花生懸在齒間，牠左右甩著袋子，用滿懷希望的明亮圓眼抬頭望著艾波。

「你需要一個名字，對吧？」艾波喃喃，撫搓寶寶的頭，毛茸茸的好軟。「我不能只叫你寶寶，你需要**有自己的**名字。一個適合你的名字。」

跟熊熊不一樣，這個名字並不容易。艾波不想叫牠毛毛、雪雪或凍凍，太明顯了。艾波一直盯著小熊，直到靈感一閃而過。

小熊正舔著花生袋內側，抬頭，彷彿知道艾波在對牠講話，半顆花生卡在牠的鬍鬚上。

「那就是你的名字！」艾波驚呼，「小花生。**太完美了**。」

那一瞬間，一陣強風襲上門框。小花生發出響亮的尖鳴，手掌蓋住雙眼，彷彿要保護自己。

「小花生，別怕。」艾波低語，「你現在很安全，有我陪著。」

艾波輕撫小花生，直到牠看起來平靜。牠謹慎地爬進艾波懷裡，緊緊蜷成一顆球，漸漸飄入夢鄉。

他們需要適當的熱氣，艾波小心翼翼將小花生放進睡袋，然後忙著打理火爐。

「哪裡有柴呢？」艾波納悶。

儘管澈底搜查一遍，卻只找到幾小片漂流木跟一份舊報紙。艾波出於好奇拿起來，是英文報紙，頭條新聞就是礦場關閉的消息。同一份報紙的另一篇報導，談及逐漸升高的氣溫和巴黎氣候協定。

日期是五年前。

艾波在手裡揉皺報紙，正準備丟過房間的時候，熊熊走了進來。比起小花生，看到熊熊這麼巨大，艾波心裡不禁一震。很難想像熊熊以前也這麼小。

空間所剩無幾，熊熊勉強擠了進來，在艾波身邊席地而坐，腦袋靠在腳掌上。艾波光是看到熊熊，心裡就一揪。她全心全意放在救援小花生，差點忘了跟熊熊再次相聚那種單純的喜悅。

艾波湊過去，讓自己沉浸在熊熊的暖意裡，熊熊似乎也湊近，彷彿很感激艾波在身邊。就像裹著一條由一千個暖水袋拼接的毯子，也許有點臭臭的，聞起來有潮濕的味道，可是一樣溫暖舒適。

小花生在睡夢中發出尖鳴，熊熊眼睛眨也不眨看著艾波。艾波感覺熊熊把希望放在艾波肩上。

「今晚，我們待在這裡。」艾波用比實際更有自信的語氣說，「等到早上，我們就去其他房子找找看還有沒有吃的。」

如果找不到任何吃的，又會發生什麼事？現在提這個沒有意義。艾波伸出指尖，撫搓熊熊左耳下方的柔軟毛髮，就像熊熊喜歡的那樣。

「我們不會有事的。」艾波低語：「我保證。」

CHAPTER

28

自
白

A Confession

那就是友誼的力量。

That was the power of friendship.

爐火燒盡，艾波蜷著身子靠著熊熊睡覺。熊熊側躺，艾波彎向熊熊的肚子，小花生窩在艾波身邊。儘管歷經種種風波，此刻他們十分幸福。

艾波醒來時覺得充飽電，但肚子也餓了。可是小花生更餓，牠已經離開艾波身邊，爬上熊熊的肚皮，左搖右晃，張大嘴巴站著，叫個不停。

「不要緊的，小花生，我會找吃的給你。」

小花生一定以某種方式明白了，牠興奮地吱吱叫，從熊熊的肚皮滾下來，輕聲噗咚跌坐地上，蹣跚地小掌撐起自己，憤慨地看著艾波，好像都是艾波的錯。這時，熊熊睜開一眼，看到小花生毫髮無傷，便再次閉上眼睛、繼續睡覺。

「你全都看過，對吧，熊熊？」艾波咯咯笑，「沒錯，把牠交給我就好。」

首先，艾波將昨天晚上剩下的卡士達醬餵小花生，只留了一丁點給自己。然後套上靴子、保暖外套、帽子和手套，留下裹在睡袋裡的小花生，打開門。

在淺紫羅蘭色的黎明光束中，艾波更能感受這個由廢棄房舍組成的迷你屯墾區。她昨晚看過棄置的豎井，沒看到棄置的生鏽金屬片，也沒看到貼著長窄峽灣——目前處於冰凍狀態——延伸的科爾斯灣。連在清澈的天光下，這裡還是給人被世界遺忘的淒涼感。

艾波的計畫是進去每間屋舍，看看可以找到什麼補給品。就像昨天晚上，要進屋裡不容易。就在她以為手指凍掉的時候（感謝老天，手套可以隔絕），熊熊接到暗示，開始用巨掌扒雪。艾波搜尋完畢，累積了三個罐頭，有卡士達醬、糖漿桃子、乾燉肉，最神奇的是——找到了三包花生。她也找到各種無法食用的物品，先蒐集起來備用。還有一些漂流木、一只平底鍋、一些火柴。

艾波只有在餵小花生的時候才停下。現在，艾波明白小花生需要每四個鐘頭餵一次。如果沒人餵，牠就會發出尖鳴，甚至偶爾淘氣啃咬艾波的手指，讓艾波知道。幸好不痛。跟熊熊不同，小花生吃東西很挑剔，只有艾波親手餵，牠才願意吃。艾波必須等到小花生睡著，自己才能吃。那就表示用餐要花半天——艾波也不介意就是了。照顧小花生讓艾波有種溫暖模糊的感覺，就像太陽照亮了你，即使碰上最陰暗的日子，你還是覺得閃閃發亮。

午餐過後，艾波將所有蒐集來的食物和用具放在地板上，以便掌握手邊的物資。在房間另一邊，小花生正在用熊熊的腳掌玩捉迷藏。熊熊似乎勉強忍耐，直到失去耐性，揪起小熊頸背，放在睡袋上，彷彿在說**夠了喔**。

艾波抬起頭來。真奇怪，即使熊熊成為父親，艾波對熊熊的感受也沒有任何改變。事實上，還讓艾波愛得更深。小花生安頓下來，熊熊將身子蜷成緊緊的球，臉趴在腳掌上，閉上眼睛。

「經過這麼多風波，你會累我也不意外。」艾波瞅著熊熊臀腿沾血的擦傷。她內心湧上怒氣。賀妲怎麼會認為**北極熊**是問題呢？不管到哪裡，到處留下傷痕的，明明是人類！

把最後幾樣食物放在地板上之後，艾波的肚子一沉。他們可能可以再撐一晚，頂多兩晚。在某個時間點，補給品就是會耗盡，到時怎麼辦？小花生需要食物，不然很快就會虛弱，而且總不能只吃花生和卡士達醬。小花生需要北極熊寶寶吃的食物，營養豐富的那些。艾波肚子咕嚕叫，讓她想到自己也需要食物。艾波焦慮望向熊熊，牠的下巴正舒服地靠在腳掌上。熊熊似乎相信艾波自然會找到解決辦法。

「我們來決定接下怎麼做吧。」艾波說。

熊熊聽到艾波的聲音，抬起視線。

「我們可以留在這裡，你可以想辦法獵食。也許幾隻海豹？」熊熊看著艾波，似乎這是全宇宙最荒唐的計畫。「我知道我不吃海豹，我猜小花生也不吃，時候還沒到。對，那先不要好了。況且，我也不確定爸爸會不會喜歡這樣。」

愧疚感竄過全身。爸爸現在在想什麼？他們是不是還在找她？爸爸是不是以為她死了？這些念頭讓艾波暈眩，感覺真不愉快。她將這些念頭推開。

「我們不能回朗伊爾城，太遠了。連昨天晚上到這裡，都已經比我想的困難許多。」雖然房間很溫暖，但想到越過陌生地帶那場漫長陰暗的旅途，艾波打起哆嗦。

不只如此，熊熊發出低沉的吼聲，艾波不確定是因為提起朗伊爾城，還是因為只有熊熊才能察覺某種危險。儘管如此，艾波還是湊上前，手指輕撫熊熊的臉。「我知道你經歷過不好的事情。」艾波低語，「我知道需要一點時間才能忘記不好的事，我也有同樣的感覺。我……我從熊島回家以後，就沒再碰過海水，即使我們住在海邊。」艾波嘆口氣。「奶奶說我只需要直接回到海裡，她就是不懂。老實說，沒人真的懂。你知道嗎？有時似乎能理解我的感受的，反而是最意想不到的人，像是瑪莉亞。」

熊熊狐疑看著艾波。

「噢，當然，你不知道她是誰。她是爸爸的新女友。她是老師，她說在我準備好以前，我不需要勉強進去水裡。」

艾波頓住，把玩毛衣上一條鬆脫的線。

「她人好嗎？」艾波愧疚地點點頭。「她人很好。她會圍很多顏色的圍巾、烤花生醬燕麥甜餅，還會戴形狀像象牙、叮叮噹噹很大聲的手環。不是用真的象牙做的，是她在非洲買的。她喜歡到不同地方旅行，她說這樣可以打開心胸。」

熊熊用開放坦誠的表情看著艾波。艾波垂下視線。

「你想的沒錯，確實有些事我沒跟你說。只是……我希望能獨佔爸爸久一點。我這樣想很自私嗎？媽媽過世以後，爸爸消失了好久。不是**真正的**失蹤，是心的失蹤。」艾波說，「不過，從熊島回家以後，爸爸變了……他變得比較快樂。我們會一起活動，只有我跟他！後來……後來瑪莉亞出現了。」

艾波挖掘內心最深處，埋藏所有最醜陋情緒的地方。「真相是……真相是我有點嫉妒。」

雖然艾波暴露自己最糟糕的一面，但是當她抬頭看著熊熊，她明白熊熊沒有批評的意思。至少沒有艾波批評自己那麼嚴厲。

那就是友誼的力量。**最棒的**友誼帶來的力量。

以這種嶄新角度來看，艾波感覺到某個重要真相。她不喜歡的不是瑪莉亞，不是新版本的爸爸，而是一切都在改變——連她腳下的星球都正在改變。「有時候事情改變得飛快……讓我覺得害怕。等我見到爸爸，」艾波不忍心說是**如果能再見**到爸爸，「我要跟他說，我為他覺得開心，我為他們兩人覺得開心，即使那表示會有個新媽媽。」

在那一刻，小花生醒來了，東張西望，發出響亮的尖鳴。當然只是巧合，幾乎彷彿是「媽媽」這個字眼觸動了牠內心的什麼。

「熊熊。」艾波腦海裡有什麼璀璨閃亮的東西變得鮮明，像有魔法似的，「我想我有個計畫。」

CHAPTER

29

計畫

The Plan

牠不能一直留在我身邊，牠需要真正的媽媽。

But he can't stay with me. He needs a proper mother.

「可能是史上最呆的計畫，但你記得莉瑟嗎？」艾波說：「我們上次剛到朗伊爾城的時候，迎接我們下船的，就是她。」

熊熊打了哈欠。當然了，熊熊不會記得。牠只見過莉瑟幾秒鐘。

「重要的是，她喜歡北極熊的程度，幾乎跟我一樣。」艾波繼續說下去，「那就是她去弗里斯蘭，監測分娩獸穴的原因。要是……要是**我們**也去那裡呢？帶小花生過去！想辦法替牠找個新媽媽。北極熊媽媽。」

熊寶寶彷彿察覺艾波的興奮，再次發出尖鳴——這一次更大聲。艾波輕撫牠柔軟的口鼻，牠餓得舔了舔艾波的手指。

「事實是，熊熊——我沒辦法一直餵小花生，沒辦法永遠餵下去。不是因為不想。」艾波連忙說，「牠不能一直留在我身邊，牠需要**真正的**媽媽。不是人類，而是北極熊。餵飽牠，教牠北極熊要怎麼在野外生存。」

熊熊靠在腳掌，挪了挪身子，細細端詳艾波。在小屋幽暗的光線裡，很難判斷熊熊對她的計畫有什麼想法。

「我不是想放牠走，」艾波小聲說，「如果你有那個想法。就像我當初也不想放**你**走。跟你說再見，是我過得最糟的一天。在我們一起經歷過那一切之後。重要的是，你已經夠大，可以分辨我和其他人類。可是小花生呢？牠還那麼小。牠還有一輩子。如果留在我身邊，牠會太習慣人類。而且，我想……我想那樣並不好。牠需要長大，需要知道不是所有的人都是好心的。不是所有的人都會對牠好。」

小花生又睡著了；臉靠著艾波的掌心，漸漸墜入夢鄉。這麼迷你的生命將信任完全交託在她的雙手上；想到要放牠走，艾波的心一揪。接著，她的心又揪了一次，想到之後要放熊熊走——這是第二次了。

「你知道嗎？學校有人叫我『熊女孩』？」艾波說，「我那時候覺得很討厭，不是因為他們調侃，而是他們不把我說的當一回事。」

熊熊發出低吼，牠專注聽艾波話語的震動，感應到艾波的難過情緒。

艾波伸出一隻手，將手指埋進熊熊厚厚的毛髮裡，比小花生的更粗糙，但是一樣溫暖討喜。

「沒關係，我跟每個人**都**有點不同。把自己的一半當作熊，就是會這樣。會有點突出。我也不是沒有努力融入過。因為我真的**努力過了**。爸爸覺得在不同的地方重新開始，會讓事情簡單一些，可是沒有。只是提醒我，我跟其他孩子不同。」

艾波頓住。她已經好久沒說出內心深處的感受。好久了，幾乎都忘記分享可以帶來多大的安慰。

「因為這樣，我才不希望小花生有同樣的經歷。對牠來說太危險了。」

熊熊一直悶不吭聲。

「看——我們在這裡。」艾波說完便拿出地圖，「莉瑟的營地在上方這邊。就在斯瓦巴北側，比朗伊爾城近多了。你在那裡也會比較安全。莉瑟不會傷害你。我的意思不是這樣就會很輕鬆，」艾波勉強裝出勇敢的語氣，「可是我們又有什麼選擇呢？」

CHAPTER

30

救援

Help Arrives

有些事情更重要，這是我注定要做的事

Some things are bigger. I'm meant to do this.

艾波試著不去理會計畫裡的好幾個瑕疵，尤其她身上背著小花生和糧食。打包的時候，一看就知道沒有足夠空間可以容納。這次甚至必須留下更多衣物和補給品。

儘管如此，艾波還是將疑慮推到一邊。她可以在這裡待著，或試著採取行動。做點什麼，總比什麼都不做好。

走到外頭時，艾波必須嚥兩次口水，才能穩住心神。氣溫竟然更低，嚴寒刺骨的風直接從北方吹來。風如此強勁，艾波得花更多力氣才能攀上熊熊的背。

「我準備好了。」艾波嚥一口口水。

艾波盡可能伏低，不讓臉頰一直被風劈打，但因為扛了個大背包，裡面裝著熊寶寶，動作更加吃力。他們離開小小的屯墾區時，艾波瞥了最後一眼。這裡雖然滿是被遺棄的建築，讓人覺得毛骨悚然，但是依然遮風避雨、提供溫暖。現在，他們再一次走進未知。

他們沒走多遠。

他們路過豎井的時候，突然刮起一陣狂風，將他們往側面猛推。

風勢如此強勁，吹斷了一塊粗壯的腐木，木頭朝艾波翻滾而來。艾波縮頭，試著抓握熊熊的一撮毛，沒抓到，轉眼便滑下熊熊的背。

「啊啊啊！」艾波喊道，滿嘴都是雪。

很幸運，小花生似乎毫髮無傷，不過這樣不行。天氣狀況這麼差，他們根本沒辦法前進！艾波正要集中心力，思考下一步時，熊熊發出熊吼。一陣轟隆，撼動艾波身上每根骨頭，甚至震得豎井喀答作響。

「怎麼了？熊熊？」

是暴風雪嗎？還是有野生北極熊嗅出了他們的氣味？

就在艾波內心警鈴大作時，傳來不同的噪音：狗的哀鳴。一聲吠叫，再一聲吠叫，然後是雪橇滑刀的呼咻聲。

「**艾波！**」

艾波坐起身，眨了一次眼，兩次眼。然後綻放燦爛的笑容，她簡直不敢相信自己的眼睛。

「**托爾！**」

托爾駕著雪橇，一躍而下。準備拔腿衝過來時，看到熊熊正在咆哮，便腳步踉蹌停了下來，臉色頓時刷白，費尼根和其他哈士奇激烈狂吠。

「熊熊！」艾波趕緊說，如釋重負的感受竄過她全身每個細胞，「看，你不認得他了嗎？是托爾。上次他幫忙救了你。他是朋友。」

熊熊繼續怒吼，露出尖銳長牙和牙齦。連艾波都微微顫抖。熊熊也許是她最好的朋友，但這種狀況提醒艾波，熊熊是野生動物。最後，熊熊咆哮的音量終於降為低吼，一眼謹慎盯著托爾——托爾態度謹慎繞過熊熊，伸出手，拉艾波起身。

「真高興看到你平安活著。」托爾摘下雪地護目鏡，藍色眼眸露出調皮的笑意。

艾波回以笑容。她有一百萬加一個問題想問，可是看到托爾跟狗群，她高興到不知道要先問哪個。艾波從最明顯的問起。「你怎麼找到我的？」察覺自己沒有被熊熊襲擊致死的危險，托爾稍微放鬆了一點，不過他比手勢表示應該走近豎井入口，那裡風聲比較不會那麼吵，也許只是為了遠離熊熊，熊熊小心跟九條狗組成的雪橇隊保持距離。

「前一分鐘我才提醒你腳不要離開煞車，下一分鐘你就消失不見了！」托爾皺著眉說，「我呼喊你的名字，可是在雪地裡什麼也看不見。然後賀妲跟你爸爸就回來了。」

艾波愧疚地肚子一緊。「他說了什麼？」

「他要賀妲馬上發動搜索，可是賀妲堅持雪橇犬會帶你到安全的地方。她說我們一定要等暴風雪過去，不然我們全都會死。隔天早上，我們正準備出發找你……狗群竟然回來了。」

「牠們竟然找到路回去！」艾波發誓之後要給牠們大大的擁抱。

托爾點點頭。「牠們帶領我們到你過夜的小屋，我們找到紙條，你說要跟熊熊一起離開。」托爾停頓一下。「你爸爸似乎很確定你會像上次那樣回到朗伊爾城，堅持跟賀妲往那邊走。可是我沒那麼確定。紙條沒說你打算去哪，所以我說服賀妲，讓我留下來找你。」

「她竟然同意了?!」艾波難以置信，「她相信我跟熊熊一起走了？」

「唔，也不算，她同意讓我搜尋你的下落，可是她認為北極害你腦袋不清，認為你產生幻覺。在她心中，不可能有小女生跟野生北極熊當朋友。」

這回輪到艾波低吼了。

「她好像因為事先沒料到有暴風雪而滿沮喪的，」托爾趕快將對話繼續下去，「我覺得她認為自己有責任。」

艾波點點頭，這點她可以理解。

「總之，我手上有狗群和雪橇，我們可以馬上出發到朗伊爾城，讓你爸爸知道你平安無事。」

「啊，」艾波回答，「關於這個嘛……」

「怎麼了？」托爾瞇起眼睛，「你為什麼用那種表情看我？」

「我沒有要回朗伊爾城，還沒。」

「為什麼？」

艾波明白托爾可以信任，但即使如此，她還是深吸了一口氣，再把背包從肩上取下。她打開的時候，一聲尖鳴傳了出來。即使在幽暗的豎井裡，她也看得到托爾震驚的下巴。

「那會是我想的那個東西嗎？」

艾波點點頭。「牠可能只有十二個星期大，搞不好稍微大一點。這就是為什麼熊熊希望我來這裡，來幫忙。媽媽……那個媽媽死了。」艾波噓噓口水，想到冰穴裡那頭削瘦枯槁的母熊。「我必須帶牠到安全的地方，得到妥善的照顧。」

「你當初應該把牠留在原地的。」托爾說。

「那牠也會死！」

「對，可是你不能亂撿野生北極熊，這樣很危險，艾波。你知道其他公熊會殺小熊嗎？你這樣等於在自己背上放了個箭靶。」

艾波將行囊摟在胸前，對托爾露出最好的懇求神情。「那就是我們必須救牠的原因。」

「**我們**？」托爾挑起一眉。

「我原本打算單獨行動，但如果有人幫忙會比較輕鬆。」

「艾波．伍德，」托爾扭著臉，「你到底有什麼打算？」

「你記得我們出發的那一天嗎？莉瑟在同一天帶一群志工到北端前哨站，在育幼季監測母熊築巢，檢查繁殖率和生存率。」

托爾謹慎點點頭。

「我要把小花生帶到那裡去。」

「**小花生**？」托爾說，然後搖搖頭，「為什麼不帶牠到朗伊爾城就好？到北極研究院，就像你當初交付熊熊那樣？我現在就可以直接帶你們過去。旅程大概要兩天，也許稍微久一點，會很順利的。」

艾波越過托爾的肩膀望去，狗群和雪橇正在等待。這樣做肯定比再次走進未知還輕鬆。可是艾波想起賀妲的信號槍——她之前開槍警告那頭北極熊。艾波依然記得當時老熊眼裡的恐懼和絕望。

「不行！我不能帶熊熊去那邊，城裡對牠來說不安全，況且，小花生成長的時候，身邊需要有其他北極熊。」

「這是我聽過最魯莽的計畫！」托爾驚呼，「在巴倫支海上搭船獨力前往斯瓦巴之後，最魯莽的一個。你知道斯瓦巴最北端有多遼闊、多危險嗎？你打算自己過去？那你爸爸怎麼辦？」

艾波沒有回答，只是把背包朝胸口摟得更緊，做出最不服氣的表情。「有些事情更重要，這是我注定要做的事，托爾，難道你看不出來？我注定要救小花生。這就是熊熊一開始希望我來這裡的原因。那就是牠召喚我的原因。」

熊熊注意到艾波說話的激動情緒，發出了大吼。不是小聲的吼叫，不是呼應熊熊體型大小的吼，而是為所有需要幫忙才能存活下去的北極熊而吼。

作為回應，小花生從背包探出腦袋，張開嘴巴，發出迷你版熊吼。雖然沒有牠爸爸的那麼響亮，但依然是。

「看吧！連小花生都跟我有同樣的想法！」

托爾閉上眼。等他再次睜開眼睛，視線牢牢繫在艾波身上。

「那我們最好立刻行動。」

CHAPTER

31

極光

The Northern Lights

宇宙在我們所有人心裡，閃閃發亮。

And the universe shines bright within us all.

出發以前，托爾和艾波先回屯墾區，取回之前不得不拋下的衣物。除此之外，看到托爾的雪橇帶了額外的糧食和器具，艾波鬆了口氣。

離開之前，托爾想確定路線，抽出皺巴巴的地圖，手指沿著紙面滑過。

「我們應該明天就能抵達弗里斯蘭。可是必須先越過維介夫峽灣。」

艾波望向托爾在地圖指出的地點。

「那是斯瓦巴最寬闊的峽灣之一。」托爾蹙起眉頭，「我們繞過去，要花更多天的時間。最快的路線是直接越過峽灣。希望冰還是結凍的。每年的這個時候應該都是凍結狀態。」

托爾臉上掠過一道陰影，在艾波還來不及質疑，托爾就將衛星電話塞進她手裡。

「我們必須先打電話給你爸爸，讓他知道你平安無事。」

艾波接過電話，手不大抓得住。她在狀況最好的時候就已經不大會應付電話——更不用說面對肯定暴跳如雷的父親。不過，她還是必須跟爸爸報平安。衛星電話以狀況時好時壞而惡名昭彰，撥了號碼幾次，鈴聲終於響起。

「托爾！有消息嗎？」爸爸的聲音聽起來明顯疲憊不堪，艾波的內心崩垮，「哈囉？哈囉？」

「我不是托爾。」艾波小聲說，「是我，艾波。」

「艾波！」爸爸用艾波很久沒聽過的語氣，如釋重負混雜了恐懼。一時片刻，艾波因為爸爸而湧上強烈的想家情緒——想念爸爸的茴香糖，亂糟糟的頭髮。「噢，感謝老天，你沒事！」

艾波點點頭，然後想起爸爸看不到她。「嗯，我沒事。」

「可……可……可是你在哪裡？發生什麼事了?!你到哪裡去了？」爸爸連珠砲似追問，弄得艾波頭昏腦脹。

「我在科爾斯灣。」艾波說，然後稍微解釋她怎麼會跑到這裡來，又是為什麼。艾波講完的時候，電話另一端陷入長長的沉默。艾波不知道電話是不是還有通。「聽得到我說話嗎？」

「嗯，」爸爸慢吞吞地說，「可以……不過我很難消化整件事。你知道我有多擔心嗎？想到你一個人在外頭，我好害怕。然後你現在又想去**哪裡**？」

大聲說出口時，聽起來確實有點蠢——即使從艾波自己耳裡。也許她回朗伊爾城會比較好？至少到時爸爸幫得上忙。就在那時，她瞥見托爾正在檢查雪橇，看到猛搖尾巴的狗群，以及耐著性子等待她的熊熊。

「去弗里斯蘭，」艾波挺直肩膀，「為了救小花生。」

爸爸破口大罵了幾分鐘，不過他人在那麼遠的地方，完全阻擋不了。最後，線路拯救了艾波。電話開始出現雜音，斷斷續續的，艾波根本聽不到爸爸說什麼。

「我無法……你真是……這個！」爸爸的聲音因為恐懼而緊繃。

「對不起，爸爸。」艾波低語，明白自己打破了對爸爸許下的承諾。「我……我愛你。」

訊號斷掉了，艾波顫抖著放下電話，花了片刻整頓自己的心情，勉強擠出笑容，對托爾豎起拇指。托爾正忙著替狗群上挽具。爸爸不如艾波所希望的那樣表示支持，跟托爾講這點也沒什麼意義。

「你要跟誰一起行動？」托爾呼喚。

直到這一刻，熊熊一直保持距離。那不是托爾的錯，他沒有做錯任何事。熊熊就是野生動物，大多野生動物不見得信任人類，尤其是艾波以外的人。

艾波從雪橇望向熊熊，再回頭看雪橇。

跟托爾一起搭雪橇才說得通，因為相對之下比較舒服，更溫暖，也安全許多。艾波知道可以信任費尼根和其他雪橇犬。坐雪橇才是明智的選擇。

「我跟熊熊一起走。」艾波宣布。

「我就知道你會這麼說，你們兩個真是分不開啊。」

「**三個**，我們現在有三個了。」

托爾翻翻白眼，沒有惡意，然後在雪橇上坐定。艾波攀上熊熊的背，小花生暖烘烘地窩在背包裡。

最後，由熊熊和艾波帶路，一行人就此啟程。

第一個鐘頭，平靜無波。靠著托爾的全球定位系統，令人難以置信的隊伍往北跋涉好幾英里，越過杳無人跡的原始雪地，天空翻騰起伏。兩個鐘頭之後，他們停下來吃點心。托爾照顧狗群，艾波餵小花生。令人擔心的是，小花生似乎沒有胃口，看起來有氣無力，也許體重還變輕？他們越早趕到莉瑟的營地越好。

頂著越來越暗的天色，往北方又趕了兩個鐘頭的路，他們停下來紮營過夜。照顧完狗群，托爾確定完成所有的安全流程。除此之外，他們讓熊熊負責守衛。

艾波坐在小小的火堆邊，小花生依偎在她懷裡。北極的天空生氣勃勃、如此炫目，彷彿像在仰望宇宙的核心。如此多的星辰，就像同時存在幾兆個宇宙。

「世界好美唷。」艾波喃喃，細看眼前的奇景，敬畏和肅靜的感覺油然而生，「我不懂大家為什麼不把它照顧得更好？」

托爾溫柔撫搓小花生的柔軟毛髮，悄悄露出淺淺一笑。小熊抬起下巴，然後虛弱地垂下。

艾波搖了搖頭。「有時候我想……我想如果我不要那麼在乎，會比較好。」

托爾質疑挑起一眉。

「你沒看到冰洞裡的那頭母熊。牠都餓死了！都是因為**我們**的關係。因為我們對這個星球做的事。我在夜裡醒著，躺在床上，滿腦子都是這件事。不只是北極熊，還有世界各地在受苦的**所有**動物。

「那不是你的錯！」

「可是我又做了什麼來改變現狀？我本來以為不難。我以為我跟大家說，他們就會採取**行動**。可是大家什麼都沒做，我們還是原地踏步——只是狀況更糟了！」

「只有我們處理這個狀況，是不合理的。這個世界一直在變化，也是不合理的。」托爾的語氣平淡，「但那不表示不去嘗試。」

「可是**要怎麼做**？」

「人類就像哈士奇，」托爾指著幾公尺之外在睡覺的雪橇犬，費尼根就在牠們中央，「一樣需要領袖，就是大家會敬仰、會追隨的人。你就是**那個**人，艾波。」

「你把事情說得好像很簡單。」艾波回答：「那他們為什麼不聽？」

「因為你讓他們害怕。」托爾輕聲說，免得吵醒小花生，「為了個人信念挺身而出的人，會讓他們害怕。大多數人不會為了自己相信的事情站出來。霸凌這樣做的人，對他們來說比較容易。」

艾波點點頭，確實如此，但這樣也不會讓她更輕鬆。

「你知道我有什麼夢想嗎？艾波？」托爾說，「我的夢想就是加入當地的足球隊，找一份薪水不錯的工作，也許有一天讓爸爸接受我真正的樣子。」

「這些夢想真不錯！」

「**你的**夢想呢，艾波，**你**夢想拯救世界。這點讓你與眾不同，讓你變得很不平凡。」

「我不覺得自己不平凡。」艾波用細小的聲音說。

「你可能不是身高最高，或是嗓門最大的，可是你用心帶領，那就是領導大家的最好方式，也是領導大家的**唯一**方式。真正的領袖有勇氣為了改變而挺身發言，即使和其他人意見不同。」

艾波嘆口氣，對朋友表示感激。托爾向來知道怎麼讓一切感覺更好。

「任何人都可以當領袖，如果他們決定要當。」

艾波感覺得到托爾話語裡的震動，以及在他們上方星辰的活動，一切彷彿共襄盛舉。艾波往上仰望，天空開始跳舞。不只星辰，一條條炫目的翠綠光芒，旋轉橫越天際。

艾波換氣時，領悟到一個深刻而單純的真理。

她領悟到自己不只是個孩子。

她也是星辰、光、宇宙的呼吸。
宇宙在我們所有人心裡，閃閃發亮。

CHAPTER

32

峽灣

The Fjord

看起來不對勁。

The ice looks wrong.

黎明時分，哈士奇將鼻子對準北方的氣味。隊伍一路奔波，眼前地景越來越荒涼貧瘠。如此極端的大地一片虛無；在那片虛無中，這個星球的美以最純粹的形式存在著。

藍紫色的天際襯出山脈的雄偉輪廓，太陽的黃金光輝緩緩從地平線升起，在冰上灑下了奶油色的彩光。光落在世界邊緣更遠的地方——遠過艾波體驗過的一切。如此巨大、龐然，令艾波為之屏息，一層又一層剝除曾讓艾波自我懷疑的一切。

有好幾個小時，托爾或艾波都沒開口。

接近中午時，他們停下來餵小花生。牠現在只能小口啃著食物，模樣孤僻，反覆用手掌遮住眼睛，想要蜷成一顆緊緊的球。

「不大對勁，」艾波擔心地說，「看，牠不像平常那樣從我手上舔食物。」

托爾點點頭，整個早上精神都不大集中。「怎麼了？是因為熊熊嗎？」

狗群都繫好了，熊熊在遠處徘徊，彷彿在把風，「我不確定我有沒有辦法習慣熊熊。但牠不是原因。」托爾遲疑。「是峽灣。每年這個時候應該是冰凍的，可是……」

「可是**怎樣**？」

「就是賀妲說的，記得嗎？她說原本在冬天凍結的峽灣，有一些現在連冰都沒有了。」

艾波的表情一定有什麼僵掉了，托爾連忙擠出安慰的笑容。「我們只能祈禱是凍結的狀態。」

儘管如此，當托爾爬回雪橇，艾波再次攀上熊熊的背時，艾波甩不掉身體裡那種緊繃感。

他們只花了一個多小時就抵達廣闊的維介夫峽灣邊緣。在這個小時裡，艾波一直祈求冰凍的程度足以讓他們安全穿越。

艾波和熊熊先抵達。艾波從熊熊的背滑下，一手搭住熊熊的肩，一起眺望。現在是一天當中最明亮的時候，雪和冰的反光如此強烈，艾波必須眨好幾次眼睛才能適應。地平線似乎無止盡地延伸，消失在雪白色的遠方。

要到另一側，路途非常遙遠。

在乾爽的北風中，熊熊的鼻子顫動著。

「你聞到什麼了，熊熊？你聞到營地了嗎？」

托爾駕著雪橇靠近，狗群狺狺狂吠，但一如既往，和熊熊拉開安全距離。「怎麼了？」

「我想牠可以聞出我們就快到了。」艾波拉下背包，檢查小花生的狀況。打開背包時，小花生不像平常那樣發出尖鳴。

托爾看了看峽灣，蹙起眉頭。「那個冰層……」他越說越小聲。「看起來**不對勁**。每年這個時候，冰應該厚到可以在上面開拖拉機。可是那邊的冰就要裂開了，看到了嗎？」

艾波望向托爾手指的方向。對她來說，看起來沒什麼不同。接著，她注意到那部分的冰的顏色，朦朧中透著一點藍。

「賀姐就是那麼說的。」艾波說。

托爾用鶴嘴鋤鈍的那一端測試冰的邊緣。「過去安全嗎？」

「我想安全吧——如果我們小心行動，但還是有風險。我們……我們也可以繞遠路。」

艾波搖搖頭。如果他們繞遠路，就要耗上好幾天。小花生可能撐不到。艾波不是醫生也不是獸醫，可是她知道時間不夠了。

「好了，熊熊，我們到時會需要你的幫忙。」

艾波想起她上一次向熊熊提出計畫——搭船到斯瓦巴——熊熊生氣，發出大吼，最後艾波強迫熊熊改變主意。當時她覺得害怕，雖然不是真心害怕。她怎麼會怕？她對即將面臨的險境根本毫無概念。

這一次，她太清楚了。她知道冰底下有什麼。她知道海水有多陰暗、有多冰冷，有多深不見底。但是，如果她對熊熊露出恐懼，熊熊就不可能背著她越過峽灣。

「我們只能交給你了。」艾波用最平靜的語氣，深深望入熊熊的雙眼，托爾在旁邊看著，「你來帶路，托爾跟著走。」

所有的北極熊都有巨大的腳掌，平均分攤體重，在冰上移動前行。熊熊可以分散重量，避免摔進水裡，挑出最安全的路線。

艾波爬上熊熊的背，確定小花生安安全全在背包裡，叉起手指，祈求好運。他們試探跨出第一步，空氣咻咻穿過艾波齒間；冰在他們的重量下嘎吱哀鳴，穩穩留在原地。下一步一樣謹慎。接下來是另一步。

艾波可以聽到背後雪橇滑刀劃過冰面。接著，傳來一聲不祥的裂響，以及尖銳的吠叫。

「雪橇太重了！」托爾喊道。

艾波哄勸熊熊放慢腳步停下。托爾向來鎮定的臉色一片灰白。

「要不要把一些東西拿掉？」艾波回喊：「可以減輕雪橇的重量。」

移掉幾樣東西之後，他們再試一次。熊熊雖然可以挑選安全的地方下腳，但是雪橇、補給品加上托爾的重量，狗群應付起來沒那麼輕鬆。

「千萬小心！」艾波舉起一手警告托爾。

哈士奇隊伍戰戰兢兢走了幾步，慢慢停下。托爾試著催促往前，但艾波看到托爾的雙手都在發抖。

雖然雙方相隔伸手可觸的距離，但感覺似乎有幾英里遠。

「對你來說不安全。」艾波搖了搖頭。

「我可以試著走別的！」托爾喊道，心急如焚掃視冰層。

「不。」艾波壓下自己的恐懼，「我想……我想你必須回頭，太危險了。」

艾波露出笑容，不是一般的笑容，而是安慰朋友你不會有事的那種笑容，是允許朋友改變心意的笑容。

面對那樣的笑容，托爾只能遲疑地點點頭。「我繞遠路好了。」托爾終於說。

「嗯。」艾波擠出自己最勇敢的表情，「那邊見。」

艾波有一百萬又一件事想說，可是看著托爾轉向，安全抵達岸邊，艾波似乎什麼話都說不出口。

「艾波．伍德！」托爾回頭大喊，「要小心喔！」

接著托爾轉身，再揮一次手，現在只是個小小身影，最後消失在遠處。

「現在只有你跟我了，」艾波對熊熊低語，鼓起勇氣，挺起肩膀，「還有小花生。」

艾波往前眺望看似永無止盡的寬闊峽灣，沒有時間恐慌了。小花生已經很久都不吭一聲，連發出尖鳴討食都沒有。

「別急，要小心，熊熊。」艾波輕聲細語，爬回熊熊背上，「別急。」

艾波的心在胸口怦怦狂跳，緊抓著熊熊的毛髮。熊熊小心翼翼挑路，踩過冰層。艾波推測他們已經走到半路，這裡的冰是目前看起來最薄的。有種半透明的感覺，連氣味都不同——某種微弱、濕潤的什麼。在熊熊的重壓下，冰層龜裂，發出哀鳴，暫時提供最脆弱的阻隔，隔開了無光冰冷的海水。

熊熊再次謹慎跨出一步，艾波聽見後頭傳來狗群急切的吠叫。

托爾？

他為什麼回來？他找到安全橫越峽灣的路了嗎？

艾波滿懷希望，往後一瞥。

她感覺胸口悶悶一擊，馬上明白那不是托爾。

是賀姐。

CHAPTER

33

薄冰

On Thin Ice

我知道你愛我，可是你必須走了。

I know you love me, but you have to go.

那一瞬間，艾波什麼都沒辦法做，只能看著賀妲。爸爸一定跟賀妲說了他們要去哪。可是賀妲怎麼這麼快就到了呢？

熊熊在她下方蠢動，彷彿感應到比脆薄易碎的冰層更大的危機。

「她不會傷害你的，」艾波說，「有我在你背上，她不會的。」

當艾波再次回頭望，卻瞥見先前沒看到的東西：信號槍。就在艾波看到的剎那，賀妲從雪橇舉起手，對空中發射。

聲音比雷鳴還大。熊熊震驚，往前一跳，險些讓艾波摔到冰上。「等等！不要緊。」

艾波緊緊抓牢熊熊的毛，希望小花生還安全，然後再次回頭。雪橇已經跨越不少距離，現在近到艾波可以看到賀妲臉上的堅決表情。賀妲的毛氈外套在背後翻飛，步槍架在肩上，輪廓一清二楚。在賀妲心裡，北極熊只代表一種意思——對人類性命的威脅。信號槍原本是為了嚇阻。為了讓熊退開。要是不成功，那麼賀妲就會改用步槍。

看清現況帶來反胃的可怕感受，艾波想起賀妲曾經說過開槍奪命的事——說會如何瞄準心臟。「不！」艾波喊道。

她滑下熊熊的背，盡量不去理會腳下冰層傳來的刺耳聲響。她抓住熊熊的臉、牠的口、牠的一簇毛，任何東西。「你必須趕快離開！」

熊熊是一頭野生動物，動物不見得會照你的指令。熊熊沒離開，只是用手肘推推艾波的肩。牠怎麼能離開？牠怎麼**離得開**？

「我知道你想保護我。」艾波趕緊摘下背包，放在腳邊，這樣才能好好擁抱熊熊。「我知道你愛我，可是你必須走了。**拜託**，熊熊！」

熊熊站在那裡，鬍鬚顫抖，艾波感應得到牠的恐懼。有很多事，熊熊都不害怕，可是牠怕帶槍的人。艾波可以聽到雪橇滑刀的咻咻聲，狗群的吃力喘氣聲，從背後越逼越近。艾波不敢看。

「我保證會好好照顧小花生。」艾波破了音，「我會帶牠去找莉瑟，我會確定牠找到新媽媽。我會做你希望我做的事，可是，快走。為了你自己的安全，快走。」

艾波鬆開揪著熊熊的手，搓了搓自己的臉，然後做了她從沒想到自己可以做到的事。她猛拍熊熊的臀部，對世上這頭她最深愛的動物扯開嗓門——她對熊熊的愛勝過自己的性命。

「快走！」

熊熊依然困惑不解。艾波再次猛拍牠一次。熊熊腦袋一偏，抽動一耳。

「快走！」艾波啜泣，「拜託快走。」

熊熊看艾波最後一眼，然後開始退開。艾波獨自站在冰上。

艾波看著熊熊越走越遠，起初緩慢，後來加快速度。最終熊熊跑著越過峽灣的冰層。腳掌每踩出一步，艾波的心就多一道裂痕。至少熊熊安全了。

「再見，熊熊。」艾波低語，「再見，我的愛。」

雪橇如此靠近，艾波可以聞到狗群的麝香味，信號槍的煙霧，甚至賀妲的汗味。

艾波謹慎轉過身去。她這麼做的時候，冰面發出詭異的噪音。就像手指劃過黑板，險惡且不屬於世間。賀妲在幾公尺之外停下。

「**別動！**」賀妲大喊，一臉恐慌。

「賀妲？」艾波問。

一陣巨大的尖鳴，一道響亮的刮磨，一聲驚恐的吠叫。

艾波腳下的裂冰崩垮作響。

冰層裂開得如此突然，艾波來不及抓住冰層邊緣。前一秒她還站著，下一秒直直摔進水裡。

震撼來得如此猛烈，艾波來不及換氣。

艾波爆出水面，試著抓住什麼，只是徒勞無功。裂口邊緣軟得無法抓牢，但她依然伸出雙手。她瘋狂揮擺雙手，接著用指尖拚命扒。

即使陷入盲目的恐慌，艾波也知道自己只剩幾分鐘，極冷的溫度就要奪走她的性命。再來她就會滑到水面底下，永遠消失在黝暗深處。

即使她身體的每個部分都開始變得麻木，但小花生是安全的，這讓她鬆了口氣。謝天謝地，背包沒跟著一起摔進水裡。

至少他們其中一個會活下去。

艾波再次朝冰的邊緣伸手。她雙手的動作變得更慢，也更遲緩了。

「鎮定！」賀妲的臉浮現，「抓住繩索。」

繩索就在眼前。

艾波伸手，但手指麻到無法抓握。她握住繩索之後，賀妲往上猛拉。

沒有用，艾波摔回水裡，賀妲再次揮動繩索。

「努力抓緊！」

某個地方，有人吼著她的名字。

可是好冷。

冷得椎心刺骨。

艾波閉上雙眼。

水像冰霜一樣在四周落定。

一切都……

……陷入了……

……黑暗。

CHAPTER

34

救援

The Rescue

欸，哈囉，小傢伙，你看起來需要幫忙。

Well, hello, little one. You look like you need some help.

……在那片黑暗中，還有別的東西。

有什麼氣急敗壞地朝她游來，是熟悉得不得了的什麼，是永遠不會拋下艾波的什麼。即使在半清醒的狀態，艾波還是隱約意識到身體被巨大的嘴顎溫柔地包圍，感覺自己被帶回水面。

艾波被放在冰層上，水從她身上冒出，艾波躺著發抖，熊熊舔舐她的臉。一遍，兩遍，然後再一遍。

「熊……熊……熊熊！」艾波低語。

然後暈了過去。

「艾波？」聲音很遙遠。「艾波？」

艾波緩緩睜開眼睛，她正躺在雪橇堆積如山的刷毛毯和毛皮上，換了乾淨的溫暖衣物，蓋著保暖的毛毯，身上像是趴著一整個哈士奇隊伍。

艾波口齒不清，狗毛在鼻子那裡，搔得她直發癢。

「感謝老天，你醒了。」賀妲湊了過來，端了一杯冒著熱氣的熱可可到艾波唇邊。「喝這個。」
「我在哪……哪……哪裡？」艾波心思一片朦朧，滿是冰、霧、寒冷。艾波小啜一口，暖意頓時在體內爆開。
「在峽灣北側，我不想冒險繼續待在冰上。」
艾波點點頭，頭再次陷入刷毛裡，然後倒抽一口氣。「熊熊！」
賀妲的臉閃過奇怪的神情，是艾波不喜歡的那種。「不！」艾波低語：「請說你沒有！」
賀妲搖搖頭，指向隔了點距離的地方。熊熊抬著頭，站在那裡等候。
艾波如釋重負，然後哭了起來。不只是因為看到熊熊而放心，也為了之前所發生的一切。艾波的身體因為寒意還在發抖，心思急著想要趕上進度。她之前掉進冰水裡，差點喪了命。
賀妲若有所思瞇起眼睛。「真是愚蠢到難以置信。不過，牠救了你的命。」
「牠當然會了！」艾波試著要坐起來，但有十三隻狗趴在身上很難。「就像如果你遇上麻煩，你的狗群也會救你！」

賀妲鼓勵艾波繼續躺下。「你要保持精力。」賀妲似乎打算說什麼，但又改變了主意。賀妲只是溫柔撫搓領頭狗雷普利的腦袋。

「你下落不明的時候，你爸爸跟我說了你和……那頭熊，那才是你們踏上這趟旅程的真正原因。」賀妲說，「我原本不相信，看到你的紙條也不信。我還以為你腦袋有問題，北極確實會對人帶來這種影響，你知道嗎？看起來就是太……太荒謬，不像是真的。那樣的動物就是不可能跟小孩變成朋友。」

「唔，是真的。」艾波忿忿地說，感覺生命的熱度慢慢回到身體，「牠太害怕，不敢靠近，可是牠不會傷害我們。」

「我現在明白了。」

艾波想要發出熊吼，讓熊熊知道她是安全的。可是她太虛弱。她打了噴嚏，鼻孔還是有狗毛。這聲噴嚏很響亮，響亮到足以掃除腦袋裡最後一點迷霧。

「**小花生！**」艾波倒抽一口氣，坐起身，「**牠在哪裡？**」

「小花生？」賀妲看著艾波，彷彿她有幻覺。

「**我的背包！**」艾波喊道：「**我的背包呢？**」

賀妲會不會把它留在冰面上？拜託不要！這樣就太不公平了。他們都離目的地這麼近了。她伸手摸索，想要找出來。

「你是指這個背包嗎？」賀妲伸手到背後，「滿重的，你裡面裝了什麼？」

「我拿給你看。」艾波接過背包，祈望小熊平安無事。艾波打開背包，動作輕柔拉出熊寶寶。牠渾身軟趴趴，幾乎沒什麼呼吸，但是奇蹟似的還活著。

「這就是小花生。」艾波說。

賀妲閉起雙眼許久。

艾波心想，她是不是把賀妲逼過頭了？最後，賀妲終於睜開眼睛，眼眸是暴風雨和野狼的顏色。

「欸，哈囉，小傢伙，你看起來需要幫忙。」

CHAPTER

35

莉瑟

Lisé

總之，小熊能活下來真是奇蹟。

Anyway, it is a miracle this one has survived.

賀妲找出她留在雪橇上的含糖飼料，哈士奇受傷時可以派上用場。「這可以讓牠們打起精神。」

艾波看著賀妲溫柔地用注射筒餵小花生。面對迷你小熊，賀妲整張臉線條都放柔。小花生發出尖鳴。這是好現象，至少牠會發出噪音，至少牠還活著。艾波希望那種飼料可以給牠足夠的力量，撐完最後一段旅程。遠處，熊熊面帶贊同觀望，至少艾波希望如此。艾波希望熊熊明白，賀妲已經不再是威脅。

「你其實不討厭北極熊？」

賀妲放聲狂笑，小花生在賀妲的臂彎裡蜷起。「看起來像嗎？」

艾波狐疑地看著賀妲。「還記得之前小屋外頭那隻可憐的熊？」

「我之所以對牠開槍，是因為牠在幾秒鐘內就會殺掉你。」賀妲單刀直入地說，「北極熊的敵人不少，但我不在其中。」

艾波判定，賀妲就像斯瓦巴，在令人生畏的嚴厲外表底下，藏有真正的溫暖。

「可是……可是你說過要把北極熊跟人類隔絕？」

「你自己也看到斯瓦巴在變化。」賀妲嘆氣，「冰層也是，十年前，絕對不會這麼薄。冰越少，北極熊越餓；牠們越餓，行為就越難預測。」

「那就是為什麼我們必須保護牠們！」

「恐怕已經太遲。」賀妲小聲說，「牠們越往人類的聚集地，風險越高，不只對人類是這樣，對北極熊來說也是。不是每個人都跟你一樣善良，艾波。」

「不必**每個人**都善良，只要善良的人夠多。」艾波說：「如果人夠多，有勢力的人別無選擇，只能傾聽。我們不想要他們那種未來，我們想要我們的未來！在我們的世界裡，動物和人類可以安全生活在一起。」

「青春的夢想。我都忘了它們有多閃亮。有些夢想可以實現，有些無法。要從哪裡起步呢？」

艾波抬起下巴。「從拯救這隻小熊開始。」

艾波解釋完計畫以後，賀妲堅持要她好好休息。賀妲也堅持安全起見，艾波必須搭雪橇。賀妲知道營地在哪，頗有自信能在兩小時內抵達。唯一的風險是不確定小花生是否能熬得過去。餵了飼料之後，小花生的精神似乎提振起來，可是依然虛弱無力。為了讓牠保暖，他們將牠放進鋪有特殊禦寒襯裡，賀妲平日用來保溫的提箱。賀妲在提箱頂端戳了洞，讓小花生可以呼吸，再用毯子裹住，放在雪橇底部。

「我們一定要加快速度。」賀妲替狗群戴上挽具。

艾波搖搖頭。「我必須跟熊熊說一下話。」

賀妲張嘴要抗議，但還是點了點頭。

艾波小心走向熊熊，一直保持距離的熊熊豎起耳朵。艾波的雙腿依然相當無力，走起來很費勁。

「熊熊？」艾波輕聲說，「你知道我剛剛在冰上說的都不是真心的，我只是……想保護你。」

熊熊垂下腦袋。艾波希望熊熊聽懂了。艾波將一手溫柔搭在熊熊脖子上。「我還沒跟你道謝呢。謝謝你救了我。你又救了我一次。現在換我盡全力拯救小花生。」

艾波可以聽到背後狗群興奮地狂吠，急著想出發。

「我要跟賀妲一起坐雪橇，你……如果想的話，可以跟過來？等我們抵達營區時，你保持安全距離，不要進來。如果你不想再走更遠，我也可以理解。」艾波嚥口水。「你自己決定。」

熊熊無動於衷盯著艾波，然後蹲低，發出憤慨的低鳴。艾波咧嘴一笑，緊緊擁住熊熊。

「艾波！」賀妲呼喚，「該走了。」

艾波匆匆吻了吻熊熊的鼻子，然後轉身回到雪橇上，用溫暖的刷毛毯裹住自己。

「**出發！**」賀妲喊道。他們就此啟程。

不久，艾波看見遠處有數個小點。一陣子之後，那些小點成為帆布帳棚。他們越靠越近，艾波可以看到六個牢固的白帳棚，有的如同小木屋，有方形屋頂和拉鍊門扇。營地四周是測量天氣的專業器材，讓艾波想起熊島。

雪橇往前奔馳，艾波拉長脖子，轉頭往背後看。

如同艾波猜測的，熊熊在安全距離之外慢慢停下腳步。「別擔心，熊熊，我很快會來看你。」

熊熊暫時去做北極熊會做的事，艾波確定熊熊一定會等到小花生平安才離開。艾波揮手道別，雪橇快速越過最後兩百公尺，進入營地，在一頂帳棚外頭停下。

腳下的雪地經過多次踩踏，空氣中有淡淡的煮食香氣。即使哈士奇此起彼落吠叫，宣布他們到來，卻遲遲沒人迎接。

「也許他們已經離開？」艾波焦慮咬著嘴唇。

就在那時，一頂帳棚拉鍊拉開，頂著紫色頭髮、踩著彩虹雪靴的年輕女子走了出來。

「**艾波**？」莉瑟震驚向前走，「你在這裡做什麼？」

直到那刻，艾波都不相信自己真的成功。現在她人在這裡，卻不知道該說什麼。
「說來話長，」賀姐走上前，「對了，我是賀姐。」
「很高興認識你。」莉瑟伸出一手，轉頭面對艾波，難以置信看著她。
艾波還是很難開口，無法精確說明自己一路以來經歷過的一切，索性走下雪橇，將提箱拿到莉瑟面前，打開。
莉瑟瞪大眼睛。如果艾波沒看錯，賀姐似乎覺得莉瑟的反應很有意思。
「我們不知道能帶牠去哪。牠媽媽死了……熊熊召喚我來救牠。」
莉瑟環顧四周。「熊熊也在這裡嗎？」
「不在營地。我們覺得……如果牠太靠近，不安全。可是這就是我回到斯瓦巴的原因。熊熊召喚我。牠之所以召喚我，因為牠希望我救救牠的寶寶。」
對大多數人來說，聽到北極熊將人類從半個地球之外召喚過來，可能很牽強，但莉瑟只是點了點頭。
「你總是讓我驚奇啊，艾波。」莉瑟帶著善意的笑容，將注意力轉向提箱。她往裡頭一窺，蹙起眉頭。

「我……我就是沒辦法丟下牠。」

「你是對的，但方法不見得正確，不過，每頭北極熊都很珍貴，尤其是年幼的。」

莉瑟將提箱帶進較大的帳棚，艾波和賀妲跟著走進去。裡頭布置得像是科學實驗室，佔據各種研究器材。莉瑟小心將小花生從提箱拉出，放在桌子上，摸摸牠的肚皮，檢查牠的嘴巴，替牠秤了體重。「嚴重營養不良，以這個年紀來說，牠體重太輕。你說你發現了牠？」

艾波跟莉瑟說了事情經過，講到熊媽媽時，哽咽、破音。

「我不確定牠為什麼離開獸穴，有可能因為受到人類活動干擾，或者因為飢餓，被迫提早離開。」莉瑟將小花生溫柔抱起，「現在糧食沒有以前多，所以我們來此，看看繁殖數量的變化，以及我們可以做什麼來阻止下滑。總之，小熊能活下來真是奇蹟。」

「這不是奇蹟，」賀妲一手搭在艾波肩上，「是毅力。」

「牠會活下來嗎？」艾波目光緊盯小花生。

「我們會盡一切努力。」莉瑟說，然後若有所思皺眉，「其實有一頭母熊，原本生了兩個寶寶，不過大概在一個星期前失去其中一隻。母熊會失去第二隻寶寶，通常是因為身體不夠強壯。這次狀況不同。我們會試試看牠願不願意收留這一隻。」

賀妲點點頭。「有的寶寶會被母熊排斥，這種狀況我處理過不少次。」

「當然有風險。」莉瑟回答，「母熊可能會排斥小花生，傷害到牠。可是就目前狀況來說，這樣處理最好，也最自然。」

「新的媽媽。」艾波吐氣，幾乎難以置信計畫可能會成功，「你聽見了嗎？小花生？」

小熊發出吱吱叫聲。

CHAPTER

36

意料之外的來訪

Unexpected Arrivals

希望熊媽媽願意接受牠。

Hope she will accept him.

當前計畫就是盡快介紹小花生給牠的新媽媽，但首先要讓小花生強壯起來。艾波和賀妲受邀暫住其中一頂帳棚，跟另一位駐守營地的科學家共用。這裡總共有四個建物，可以容納八位科學家，加上那頂尺寸較大的實驗室帳棚，以及一個共用的空間，大家會聚集在那裡用餐。

帳棚空間有限，賀妲整理雪橇行李，只帶走需要的東西，艾波有件非常重要的事情要做——打電話給爸爸。她用營地的衛星電話撥打爸爸的號碼。

「怪了，沒人接。」

那天剩下的時間，艾波嘗試撥打好幾次，甚至撥打尤根的旅館。沒有結果。離開營地不安全，艾波只能隔空對熊熊道晚安，讓牠知道新計畫，艾波知道熊熊會聽見，說完以後再回到帳棚裡。但她一直有種揮之不去的不安，爸爸為什麼沒接電話？要是出了事怎麼辦？

艾波輾轉反側，好不容易勉強睡著，卻被嘈雜瘋狂的吠聲吵醒。在幽暗的光線中，賀妲已經穿好衣服。艾波迅速跟了過去，踉踉蹌蹌走出帳棚，在一百萬顆星辰的光線下眨著眼睛。

她被另一波吠叫轉移注意力，接著，是雪橇停進營地的鮮明意象。白天，研究團隊來來去去，現在頂多只有兩個好奇的科學家從各自的帳棚探出腦袋，看看是誰在這個時間到來。

艾波的心慢了一拍。

「是托爾。」艾波對賀妲興奮地說，「他辦到了！」

雪橇停下來的時候，艾波注意到托爾並非單獨行動。有人站在雪橇上，就在托爾背後。是模樣無比熟悉的人，他已經摘掉雪地護目鏡，正在焦慮地東張西望。

「**爸爸？**」

艾波放聲狂叫，一把衝進爸爸懷裡，爸爸幾乎來不及走下雪橇。爸爸聞起來像茴香糖，溫暖而熟悉，是爸爸的味道。

「你來了！」艾波貼著爸爸的胸膛打嗝。

「我當然會來。」爸爸喃喃，「而且不只有我。」

那時，艾波才注意到有另一架雪橇也靠近。有兩個人抵達，站在托爾和賀妲身邊。艾波看了看，揉揉眼睛，然後再看一眼。

是尤根，戴著護耳獵鹿帽，懷錶夾在連身雪衣外側。艾波從沒見過尤根這麼有活力的模樣。

在尤根身旁，圍著紅色白色圓點圍巾的是瑪莉亞。她看起來冷到骨子裡，一臉沉醉在北極的魔力。

艾波從爸爸懷裡抽身，直直走向瑪莉亞，給她一個大大的擁抱。

接下來的兩個小時，他們三人在溫暖的社群帳棚裡

敘舊。原來爸爸回到朗伊爾城才發現艾波沒跟上，而瑪莉亞堅持要來斯瓦巴跟爸爸會合。

「在你又失蹤以後，」爸爸同時握住瑪莉亞和艾波的手，「沒有她在我身邊，我……我應付不來。」

「對不起，爸。」艾波掐掐爸爸的手指，差點失去女兒的擔憂，蝕刻在爸爸的臉上，艾波真希望她可以把那些痕跡全都抹去。

瑪莉亞主動湊過來，扶正爸爸的眼鏡，將一綹亂髮塞回爸爸耳後。他們互換一抹淺淺的笑容。不是那種讓艾波覺得自己被隔絕在外的笑容，而是讓艾波覺得滿足的笑容。如果北極教會她什麼，那就是愛的力量。

愛沒有盡頭。

愛可以無限擴張，大到足以改變世界。

而且也會改變你。

「我跟瑪莉亞說了熊熊的事。」爸爸清清喉嚨，「還有我們為什麼來斯瓦巴。」

「我之前就懷疑事情不單純。」瑪莉亞回答，將視線轉向艾波，「話說回來，我也一直覺得你比外表看來更有能力。」

輪到艾波解釋那場暴風雪之後發生的種種。說來話長，爸爸泡了杯熱可可，搭配緊急配給的棉花糖，托爾、賀妲和尤根也加入他們的行列。

艾波重述自己的冒險，就要講到她越過峽灣、差點喪命的那部分時，悄悄瞥了賀妲一眼，然後趕緊跳過。畢竟，爸爸一次能應付的衝擊有限。

「你從暴風雪、廢棄的礦區活下來，還成功將小花生好端端帶到這裡！」瑪莉亞雙眼閃閃發亮，爸爸的表情混合了驕傲與驚恐。

「真正的北極靈魂。」賀妲輕拍艾波的肩，「我不知道還有誰能做到。」

「我只是做了我必須做的事，」艾波紅了臉，「小花生需要我，北極需要我。」

艾波一時打住。自從大家團聚，她心上的石頭落地，如此興奮，不曾停下來想想接下來會如何。現在，有種忐忑不安感覺悄悄爬進她的身體。家人的到來，標示了一種結束。他們終究必須回家，而她到時也不得不跟熊熊說再見，將這一切拋下。

「可是還沒結束，」艾波勇敢地將注意力轉回室內，「最困難的部分還沒到。我們必須等小花生跟新媽媽安頓好……希望熊媽媽願意接受牠。」

「也希望小花生會接受新媽媽。」瑪莉亞害羞地看了看艾波。

「一定會的。」艾波回以害羞的笑容。

「過程要花多久時間？」尤根看著自己的懷錶。

「莉瑟說，小花生需要兩到三天才能養好體力，然後會把牠野放。」艾波回答，「拜託讓我們待到確定小花生安全了再走。拜託，爸！」

「唔，我之前一心只想找到你，之後的事都還沒有多想，不過既然我們才剛到不久……」爸爸聳聳肩。「其他人覺得如何？」

「要是我現在就離開，史薇拉娜絕對不會原諒我！」尤根驚呼，「我很樂意留下。」

「我也是。」托爾說。

「沒問題，我們留下來吧。」瑪莉亞說，「契斯特託你媽媽照顧，聽說她覺得有契斯特陪伴很好，而且牠很愛蘋果派。」

他們五個人轉向賀妲，賀妲用她那雙暴風雨色調的眼睛回望。

「要錯過最精彩的部分？」賀妲說，「我當然願意留下。」

CHAPTER

37

新的黎明

A New Dawn

你讓我知道，怎麼把自己的心打開。

But you showed me how to open my heart even more.

天色依然漆黑，營地裡迴盪著安靜的低鳴，莉瑟完成了雪地摩托車的打包。裡頭是小花生。

小花生在艾波帶來營地後，連續三天定時吃乳品補充劑，牠長肉了，重新找回大部分體力。牠坐在鐵籠中央，黑鼻子抵住邊緣，發出一連串憤慨尖鳴。艾波的心小小一揪，這是她把小花生交給莉瑟以來，頭一次見到小花生。

他們勸艾波不要探訪，減少動物和人類之間的牽絆。這是為了讓熊寶寶有更多機會獲得新媽媽的接納——雖然被排斥的機率還是相當高。

他們六人加上莉瑟和另一位科學家，駕駛太陽能雪地摩托車，早早出發。唯一的缺席者是熊熊。和熊熊在營地邊緣分道揚鑣以來，艾波只有遠遠看過熊熊一眼，但她依然持續隔空對熊熊更新小花生的最新動態。隨著小熊越來越壯，唯一令人難過的，就是艾波跟熊熊道別的時間也越來越近。

艾波試著不要多想。

獸穴位於更東邊，更接近海岸的地方。途中，莉瑟解釋母熊巢穴是從雪堤挖出來的，母熊會在那裡鑿出一間橢圓形房間，以一條隧道相通。即使外頭溫度比冰點低，因為雪有隔絕的作用，北極熊散發出來的熱氣能讓獸穴裡保持暖和舒適。

經過兩個小時的車程，莉瑟帶他們緩緩停下。遠處，艾波可以看到海洋的冰層往外延伸。

「為了安全，我們頂多只能走到這邊。」莉瑟小聲說，手勢要大家往下伏低，「風從東邊吹來，如果我們靠得更近，母熊會因為聞到氣味而恐慌。」

「獸穴在哪裡呢？」艾波低聲說。

天光漸漸亮起，莉瑟指向距離大約兩百公尺的山腳，陡峭懸崖的背風處堆起千層雪。

「那裡的雪最深，對於製造巢穴來說很理想。」莉瑟解釋，「跟其他的熊不同，這隻不冬眠。牠降低體溫一、二度，減輕熱量需求。」

「難怪沒有食物還能撐五個月！」艾波回答。

「沒錯，分娩前累積足夠的脂肪，是母熊最大的挑戰，尤其現在無冰期比往年更長。」

賀妲若有所思地點點頭。尤根忙著拍照寄給史薇拉娜，托爾跟爸爸則幫忙其他科學家處理測量溫度的設備，瑪莉亞捲起袖子，忙著看哪裡需要幫忙。讓艾波驚訝的是，儘管天氣這麼冷，瑪莉亞竟然愛上了北極，說這是她去過最美的地方。

莉瑟對艾波點點頭。

時間到了。

艾波伏低身子，高度跟小花生一樣。「該說再見了，小不點。」小花生彷彿明白有什麼重要的事情正要發生，腳掌抵住籠子邊緣，探出鼻子。「老實說，我不大喜歡說再見。可是……我只想說，我好高興認識你。我沒想過我可以像愛熊熊那樣愛別人。你讓我知道，怎麼把自己的心打開。」

艾波將手指放在籠子旁邊，小花生舔了舔。

「謝謝你，小花生。」艾波低語。

艾波顫抖著深深吸了口氣，對莉瑟點點頭。莉瑟提起籠子，手勢要大家靜靜等候。艾波在雪地上站定，兩側是托爾和賀妲。另一位科學家拿信號槍負責守衛，以防萬一。

艾波用望遠鏡觀察，莉瑟謹慎地往前走，每走兩步就停頓，然後繼續往前，直到抵達雪堆底部，艾波一直用望遠鏡眺望。就在那裡，莉瑟打開籠子。小花生的臉冒出來，艾波倒抽一口氣。

莉瑟平靜退到安全距離之外。小花生試探地走出籠子，站在新鮮的雪上，好奇地嗅聞空氣，彷彿聞到新的起點。在一望無際的雪白大地裡，小花生看起來好迷你。

朝陽的光線開始灑向地平面，艾波看出攪動過的積雪，指向入口隧道，距離小花生大約五十公尺左右。

「獸穴就在那裡。」艾波小聲喃喃。

其實看不出是獸穴，頂多只能看到小小的出入口。艾波目不轉睛看著是否有生命跡象。熊媽媽會受到熊寶寶的氣味吸引而走出洞口，不過，莉瑟解釋，牠們不見得會順利。

小花生再次東張西望，看著無垠的地平線。

獸穴洞口附近的雪有了動靜。一個黑鼻子探了出來。一雙探詢的眼睛。附著肉墊的巨大腳掌。母熊四下張望，口鼻抽動。牠直直望向小花生，小花生在微風中似乎打著哆嗦。

艾波旁邊的賀妲突然呼出一口氣。

小花生雙腿搖搖晃晃，朝獸穴跨出一步。

母熊在獸穴洞口等待，身體一半在外、一半在內。

母熊往前跨出一步，探向小花生。

艾波一時憋住呼吸。

彷彿感應到什麼，小花生往前蹦蹦跳跳，在雪地上打滑，最後站在幾公尺外。母熊又跨出一步，再一步，最後站在小花生旁。

當陽光像黃金般的波浪籠罩
在雪地上，母熊往前傾身，將小
花生從頭舔到腳掌，邀請牠進入
自己的生活。

CHAPTER

38

再見

Goodbye

是很快再見。

It's a see you soon.

「**欸，熊熊。**」艾波說，「時候到了。」

他們站在營地外圍，爸爸、瑪莉亞、托爾、尤根和賀妲站在艾波背後。雪橇準備好了，狗群也套上挽具，一行人準備返回朗伊爾城。

艾波心跳加快，可以感覺得到熊熊心跳也加快。艾波雙手捧著熊熊的臉，四目相接。熊熊巧克力色的眼睛閃閃發亮，融化後傾入艾波眼底。「我們一起經歷過好多冒險，是吧？不過，小花生現在很安全，換你找尋安全的地方了。」

熊熊蹭了蹭艾波肩膀，艾波環抱熊熊。艾波將熊熊摟得更緊，吻了牠無數次，接著再吻無數次。時間匆匆飛逝，加

速、縮短，往前飛馳，有如艾波的心跳。雪橇犬在艾波背後不耐煩地吠叫著。

艾波露出笑容。那種笑容表示心裡藏著有趣的祕密。她甚至發出一小聲竊笑。

「不是告別。」艾波低語，抬起視線，直直看著熊熊的眼眸，「**這次**不是。」

熊熊腦袋一偏，一臉困惑。

「是很快再見。」艾波傾訴，肚子興奮鼓動。

熊熊不可能明白艾波的意思，是艾波的語氣讓熊熊眼神發亮，耳朵擺動。

「我的歸屬就在這裡。」艾波的心隨之飛揚，「就在你身邊。」

艾波抬頭，發出熊吼。

後記

家

Home

那就是北極送你的禮物——真正的自己。

That's what the Arctic gave you – your true self.

艾波坐在新課桌前，是後排最靠近窗戶的那張。教室裡只有幾個孩子。有些在這裡出生，其他大多像她，千里迢迢來自世界各地。大家擁有不同的國籍，艾波用雙手手指都不夠數。

老師走進，一臉和善，環顧四周，最後將視線落在艾波身上。「歡迎來到朗伊爾城學校。全世界最北邊的小學，我要向你表達熱誠的歡迎。你叫什麼名字？」

艾波回答以前，先望向窗外。畢竟這就是她選擇這個座位的理由：峽灣、更遠的山上隘口，都能一覽無遺。雖然看不到熊熊，但艾波知道牠就在外頭某個地方。

只要艾波住在這裡，**熊熊永遠**都在。

她會住在這裡很久，很久。到頭來，留在斯瓦巴的決定甚至不是出自艾波。是爸爸。他們在預定返回朗伊爾城的前一天傍晚，爸爸要艾波坐下，問她對於留下有什麼想法。起初，艾波以為爸爸的意思是在營地多留幾天。爸爸搖搖頭，原來他的意思是長留，真正**待在**斯瓦巴，讓艾波在這裡完成學校教育。艾波不需要開口。她只是用手臂摟住爸爸，緊抱不動。

沒有話語足以表達她心中的感謝。

艾波有點擔心爸爸住在這裡會吃不消，但爸爸說只要定期補齊茴香糖存貨，就不會有事。瑪莉亞用力往爸爸肩膀一拍，爸爸才清清喉嚨。半晌之後，害羞承認他也邀請瑪莉亞加入他們。

艾波想不到還有什麼比這個更神奇的了。內心深處，艾波悄悄希望他們有一天可以結婚，只要答應讓她穿彩虹雪靴擔任伴娘。

回到朗伊爾城之後，一切發生得很迅速。幾天之內，爸爸、瑪莉亞跟尤根說好要聯手經營旅館，把那裡改造成生態旅宿，歡迎遊客入住——尤其歡迎學校組團，不只可以教育孩子怎麼維護北極，也會提供他們工具，在返鄉後成為提倡改變的行動家。瑪莉亞打算在學校兼職教書，爸爸也會在科學探勘時提供協助，運用自己的經驗，協助監測天氣。

過去幾週以來，他們四人用鮮豔的色彩，重新裝潢了旅館前廳，看起來更有吸引力，最重要的是（就爸爸來說），爸爸已經把唱機和整套莫札特作品運送過來。艾波也終於說服尤根把哈米胥移到他的私人空間。尤根不介意。尤根興奮得不得了，長久以來頭一回，史薇拉娜要回到朗伊爾，而她顯然等不及要見艾波。連艾柏絲奶奶都計畫過來一趟——雖然奶奶對這裡的氣溫發了一頓牢騷，那就表示她正忙著織一堆冬天毛衣。幸運的是，她在老家有契斯特陪伴，而且契斯特似乎對晚餐固定有蘋果派感到相當滿意。

在這麼北的地方，生活確實很不一樣。艾波沒上學或是沒在旅館幫忙的時候，就跟賀妲和狗群一起打發時間。有趣的是，雙方明白彼此立場相同之後，成為了朋友。賀妲也改變營業內容。

她不再帶觀光客搭雪橇探險，現在全力跟國外企業合作，為了保護瀕危動物而募款。最棒的是什麼呢？莉瑟答應艾波，明年夏天帶她踏上考察之行。不過有幾件事不能做，爸爸非常**堅持**：艾波不能獨自遠遊或嘗試跨越結冰的峽灣。艾波最後還是老實說出她摔進峽灣的事，爸爸一連灌了好幾杯濃茶，心神才安定下來。

艾波望出教室窗外，輕輕微笑。遠處，她可以想像熊熊後腿站立，像威風凜凜的白色駿馬那樣朝天空仰立。腦袋稍稍一偏，她幾乎可以小聲聽見熊熊吼叫的隆隆聲響。艾波很想發出熊吼回應，但場合可能不大適合，至少第一天上學還不適合。也不是說她認為其他人介意。在這裡，大家都不一樣。賀妲說，那就是北極送你的禮物——真正的自己。

「我是艾波·伍德。」艾波掛著笑容轉頭，「你們可以叫我『熊女孩』。」

作者的話

二〇一九年，我坐下來寫一本童書。當時我還沒有經紀人，也還沒出版過作品。不過我內心深處知道，我有個故事想說。一個探討友誼、愛、希望的故事——不過，最重要的是做出改變的故事。

那本書後來成為《最後的北極熊》。

寫作的時候，偶爾會有種感覺，就是你創造的東西很獨特。可是我萬萬沒料到熊熊和艾波會引起全世界的孩童（以及成人）這麼大的共鳴。見證到這個現象，令人感動無比。

不過，與此同時，我最常聽到的回應是想知道接下來發生什麼事。

你怎麼可以讓熊熊跟艾波像那樣分開來呢？他們**永遠不**會再見到面了嗎？

真相是，我內心深處一直知道，總有一天會回到艾波和熊熊的故事。我不能拋下他們。這次的重返為我帶來極大的喜悅，我希望你對艾波和熊熊團聚的喜愛，跟我享受創作的程度不相上下。

就像在《最後的北極熊》裡提過的，我一定要強調：絕對不推薦在野地跟北極熊作朋友！雖然熊熊很好抱，但真正的熊極度危險，這些年來更加危險，原因都在這本書裡提出了。不管什麼狀況，千萬不要接近野生北極熊。

一如既往，任何技術上的失誤，責任都在我身上。我是想像力豐沛的作家——不是哈士奇雪橇隊駕駛或極地探險家。

就故事本身來說，為了創作，我擅自更動一些事實，包括橫越的距離、一些地名的位置。比方說，真正的科爾斯灣位於朗伊爾城隔壁，但我的版本更大、位置更偏遠。請查閱斯瓦巴群島地圖（甚至有影像可以看！），看看這一帶的地貌。世界最後一片未開發的邊陲地帶，是個會令你為之屏息的地方。

艾波最後落腳於斯瓦巴群島。一直以來，這就是我對她的最終想像——她會回到這裡，不只為了跟熊熊在一起，也為了站在抵抗氣候變遷的最前線。自從出版《最後的北極熊》，氣候變遷情勢並未有所改善——事實上更加惡化，包括斯瓦巴群島。

在《再見北極熊》，賀妲指出一些標記，標示冰河曾經存在的地點。這個構想來自我前往斯瓦巴群島研究時，遇見的一位導遊，他提到各地確實有這種情形。我們腳下的世界在這麼短的時間內，轉變如此飛快。

斯瓦巴群島是受到氣候變遷衝擊最大的區域之一，有時候被視為地球暖化最快的地方。有些專家（部分來自北極研究院）估算，朗伊爾城的暖化速度，大約是全球平均的六倍。

海冰消失，為北極熊獵捕海豹帶來衝擊，因為急於覓食，闖入人類活動範圍，這種狀況越來越頻繁。如書中提到的，失去海冰對熊媽媽和小熊造成重大影響。一九八〇年代以來，夏季海冰總量削減一半，到了二〇三五年，冰層會全部消失不見。時間真的在倒數計時。

不過，跟艾波不同，我們不需要遠赴斯瓦巴群島，就可以拯救北極熊。透過各種微小的日常行動，讓家成為更健康、更自然的地方。走訪校園、文藝季的時候，我常常說，小小的行動**真的**可以帶來改變。想像如果讀這本書的每個人都做**一件**事，這不就是跨出了不起的一步嗎？——不只是為了這個星球，也為了你自己的幸福？

自從寫了《最後的北極熊》，我漸漸相信，如果沒有政府大刀闊斧改革，或是企業大幅革新，不可能帶來真正的全球變革。嘗試修正錯誤，責任不在下一代身上。這是不是表示我們什麼都不用做？不。如果沒有發自基層民眾的實際行動、對那些通過傷害氣候政策的人施壓，事情永遠不會有改變。所以，我們可以做一些事（尤其是讀到這裡的大人們！），簽署陳情書、寫信給在地議員、投票給支持氣候友善政策的國會立委、研究退休金的資金來源、自學關於氣候變遷的原因，就可以做出更明智的人生決定。

偶爾，為了達成目標，我們**必須**讓其他人感到不自在，甚至讓我們自己不自在。艾波夢想拯救全世界。我年紀更輕的時候，夢想成為暢銷作家——可是問題來了。我在學校害羞得不得了，很討厭在課堂上發言。想到要在公共場合發聲，對我這樣的人來說太沉重也太可怕。

這陣子以來，我也意識到夢想**自己的**未來是不夠的。現在，我的夢想是發揮個人的力量，照顧這個星球。希望我的作品可以讓地球上一些最雄偉的動物得到矚目。希望我的作品可以鼓勵其他人更善待這個世界，最重要的是，希望我的書啟發其他人也去追尋夢想——尤其如果你的夢想是讓世界變成更好的地方。

我不認為有**任何**夢想太龐大或太可怕。如果是，那麼更有理由放手一搏！有時候那是我們能夠創造改變的唯一方法——內在和外在都是。

最後，我要**大大**吼出一聲感謝。截至今日，一切都是神奇的旅程，如果沒有你們，我辦不到。讓我們繼續奮鬥，讓我們繼續動員，讓我們為了更好的明天持續熊吼。

愛你們的，

漢娜 x

參考資料與延伸閱讀

這裡有我研究期間使用的一些資源，你可能也會覺得有趣：

國際北極熊（Polar Bears International）國際慈善組織全心投入在北極熊和牠們的保育上。網站上有很多教育資源、影片和文章。

www.polarbearsinternational.org

世界自然基金會（WWF）

關於瀕危動物的大量資訊，包括北極熊，你甚至可以認領一頭。

www.worldwildlife.org/species/polar-bear

挪威北極研究院（The Norwegian Polar Institute）

可以查到更多他們在斯瓦巴群島上的工作內容

www.npolar.no/en/

理解氣候變遷指南（A Simple Guide to Understanding Climate Change）

氣候變遷有時真的很難理解——對成人來說都有難度。我喜歡這個清晰簡單的網站，來自美國國家航太總署，剖析氣候變遷。更重要的是，告訴我們可以怎麼幫忙！

https://climatekids.nasa.gov

Ecologi

艾波捐出部分的零用錢種植樹木，抵銷飛往斯瓦巴群島的旅程對環境造成的負擔。這也是我會採取的行動。我每個月固定付費；如果必須出門旅行，就捐更多。

www.ecologi.com

漢娜．戈德個人網站

如果你想透過「熊熊俱樂部通訊」跟我保持聯繫，或者只是想看我在斯瓦巴拍的照片。

www.hannahgold.world

鯨豚保育協會（Whale and Dolphin Conservation Charity）

我很自豪的說，我是這個慈善機構的大使。

www.uk.whales.org

斯瓦巴新聞（Svalbard News）

如果你想追蹤斯瓦巴群島的消息，那邊有英文週報！

www.icepeople.net

我在研究期間覺得很實用的書籍：

Line Nagell Ylvisåker《My World is Melting》

Christiane Ritter《A Woman in The Polar Night》

Rolf Strange《Spitsbergen–Svalbard: A Complete Guide Around the Arctic Archipelago》

謝詞

一如既往，一本書無法單憑一己之力完成，感謝一路以來支持我的大家。

感謝我的編輯 Lucy Rogers，謝謝你對熊熊的一切懷抱善意和熱情。你在離開去生自己的熊寶寶前，這麼賣力修訂稿子，我無限感激。感謝 Megan Reid，謝謝她專業處理最後階段，以無盡的耐心回覆我的電子郵件，排在最後但同等重要的是 Nick Lake，感謝他以愛和遠見，督導一切。

我對 HarperCollins 整個童書團隊獻上無限感激，謝謝你們讓出版這麼神奇！感謝 Cally Poplak、Alex Cowan、Laura Hutchison、Kirsty Bradbury、Val Brathwaite、Geraldine Stroud、Elorine Grant、Kate Clarke、Hannah Marshall、Carla Alonzi、Victoria Boodle、Jasmeet Fyfe、Jane Baldock、Aisling Beddy 和 Charlotte Crawford。如同往常，特別感謝我美妙的公關 Tina Mories。

感謝在美國的 Harriet Wilson 和 Erica Sussman。

感謝我的經紀人 Claire Wilson，感謝她鼓勵我信任自己的直覺，時時刻刻陪伴著我。感謝版權代理公司 RCW 可愛的 Safae El-Ouahabi。

列文・平弗德——文字永遠不足以傳達我的心意，感謝你讓我的作品裡裡外外令人驚嘆。沒有你，就不會有熊熊！也要感謝列文的經紀人 Tamlyn Francis。

無限感激 Florentyna Martin，贏得水石童書獎的那天，讓我度過生平最棒的夜晚。感謝全國上下擁抱我作品的水石書店。

感激獨立書商。你們從以前就是我創作的啦啦隊，你們真的是大街上的明燈。

感謝我在海外的出版商和讀者——你們讓我知道，愛和希望的故事總是能夠超越國界。

感謝所有文藝季的主辦人（當地和國外），他們邀請我大談北極熊和鯨魚，用熊吼壓過整個空間。

感謝 Nicolette Jones 和 Alex O'Connell ——他們挑選《最後的北極熊》作為《泰晤士報》當週好書。耶！也謝謝 Amanda Craig、Kitty Empire、Sarah Webb、Fiona Noble、Sally Morris，感謝你們支持兒童文學。

如果不是小學老師們驚人的想像力和驅動力，我想可以接觸到《最後的北極熊》的孩子不到目前的一半。你們在教室裡使用這本書的方式，讓我大開眼界！向你們大喊一聲謝謝。（特別感謝捐了一張《小魔女瑪蒂達》劇場入場券給我的 Rich Simpson）。

也感謝 Books4Topics、Empathy Lab、BookTrust、ReadingZone、World Book Day 和其他勤奮不懈的人，他們讓童書成為魔幻的空間。感謝所有孜孜不倦的部落客和直播主。

超級感謝所有投票選擇《最後的北極熊》作為各種書獎得主的人——藍彼得圖書年度大獎（Blue Peter Book Award）、雪菲爾童書獎（Sheffield）、斯托克波特童書獎（Stockport）、聖海倫斯書獎（St Helens Book Awards）以及瑞士的牛鈴獎（Cowbell Award）。真高興你們選了我！

感謝我的作家朋友，我不敢放任何姓名，我知道一定會遺漏，然後連續好幾個月都覺得有罪惡感。你們這麼有才華、心地這麼好，幽默又慷慨。對你們大家獻上愛。

我曾經前往斯瓦巴群島做功課。特別感謝「北極哈士奇旅人」（Arctic Husky

Travellers）的 Tommy，感謝他回答我關於哈士奇無數個疑問，感謝哈士奇咖啡館 Natalie 的溫暖接待。

感謝 Dr Huw Lewis-Jones——童書作家兼貨真價實的極地探險家——查核故事裡的事實，功勞當之無愧。同樣有功勞的是 Alison Bond，她讀了故事草稿，更重要的是身為我的摯友。

感謝家人聽我嘮嘮叨叨北極熊的事，至少多聽了兩年。感謝我的好友兼丈夫 Chris，他是我最大的支持，在熊熊還沒閃現在我眼前時，就一直陪在我身邊。我深愛跟你分享這趟旅程。

最後，當你們讀到這裡（我一直說下一本書會努力寫短一點），我要向你們——我的讀者致謝。

身為作者最棒的部分——不是書評也不是獲獎，儘管有也不錯——而是你們。你們的能量、你們的提問、你們的畫作、你們的來信、你們的熱忱、你們的熊吼，最重要的是，為了人類以及為了動物，你們渴望讓世界成為更美好、更良善的地方。

這本書永遠獻給你們。我希望艾波和熊熊的相聚，滿足你們期許的一切。

explorer OO4

再見北極熊 FINDING BEAR

作　　者　漢娜・戈德 Hannah Gold
繪　　者　列文・平弗德 Levi Pinfold
譯　　者　謝靜雯
副總編輯　林祐萱
責任編輯　陳美璇
校　　對　林映妤
美術設計　劉醇涵
排　　版　唯翔工作室

出　　版　有樂文創事業有限公司
地　　址　235 新北市中和區宜安路 173 號 3 樓 311 室
網　　址　www.facebook.com/ule.delight
電子信箱　ule.delight@gmail.com
電　　話　(02) 8668-7108

發　　行　遠足文化事業股份有限公司（讀書共和國出版集團）
地　　址　231 新北市新店區民權路 108-2 號 9 樓
電　　話　(02) 2218-1417
傳　　真　(02) 2218-1142
電子信箱　service@bookrep.com.tw
郵政帳號　19504465（戶名：遠足文化事業股份有限公司）
客服專線　0800-221-029
網　　址　www.bookrep.com.tw

法律顧問　華洋法律事務所 蘇文生律師
印　　製　通南彩色印刷股份有限公司

定　　價　新台幣 420 元
初版一刷　2025 年 1 月

國家圖書館出版品預行編目

再見北極熊 / 漢娜 . 戈德 (Hannah Gold) 著；謝靜雯譯 . -- 初版 . -- 新北市：有樂文創事業有限公司出版：遠足文化事業股份有限公司發行 , 2025.01

面；　公分 . -- (explorer ; 4)

譯自：Finding bear.

ISBN　978-626-99004-2-8（平裝）

873.59　　113018469